Zoe Kelvedon

UN RANCH POUR KATE

Un retour orageux

Déja parus :

- *Un nouveau départ*
- *Le Galop de l'espoir*
- *Secrets de famille*
- *Mensonges et révélations*

Titre original : *The Sanctuary* Book 5

87, quai Panhard-et-Levassor – 75647 Paris Cedex 13
ISBN : 978-2-0812-7210-1

Zoe Kelvedon

UN RANCH POUR KATE

Un retour orageux

Traduction de Raphaëlle Vigneron

Flammarion

Remerciement tout particulier à Elisabeth Faith

Chapitre 1

— Vive le vent, vive le vent, vive le vent d'hiver, chantait Kate tout en s'éventant le visage de la main.

La chaleur s'élevait au-dessus du macadam en une brume floutée.

— Non, rien à faire. Je n'arrive pas à me sentir à Noël.

— Je te promets que tu retrouveras l'ambiance des fêtes de fin d'année, la rassura sa tante.

Lizzie aida Kate à charger ses bagages à l'arrière de la Jeep.

— Mais ça m'étonnerait qu'on fasse un bonhomme de neige dans les jours qui viennent ! ajouta-t-elle.

Kate grimpa à l'avant de la voiture et poussa un cri en touchant le cuir brûlant des sièges. Elle attrapa une vieille couverture, la posa sur le fauteuil passager, puis se rassit.

— Alors ? l'interrogea Lizzie en mettant son clignotant pour sortir de la place de parking. Comment c'était ?

L'Angleterre me manque vraiment à cette période. Ça a beau faire des années que je vis en Argentine, je ne me suis toujours pas faite à l'idée de cuire le dîner de Noël au barbecue.

— Il faisait froid et il pleuvait ! s'esclaffa la jeune fille. Les voisins m'ont regardée d'un drôle d'air quand je suis sortie de la maison en short et en tee-shirt avant d'aller à l'aéroport. Maman et papa t'embrassent, d'ailleurs.

Depuis la mutation de son père, qui travaillait pour le ministère de la Défense britannique, les parents de Kate passaient la plus grande partie de l'année en Iran. Ils avaient accepté que leur fille reste vivre avec sa tante en Argentine au lieu d'aller dans un pensionnat en Angleterre. Kate était contente de les avoir revus, malgré la courte durée de son séjour. Elle remonta ses lunettes de soleil sur son nez.

— Comment s'est passé Noël pour vous ? Tout le monde va bien ? Et les chevaux, aussi ?

— Calme, oui et oui, répondit Lizzie aux trois questions à la fois, en souriant.

— Et Coco ?

Kate était impatiente de retrouver son poney préféré.

— Est-ce qu'il vous a fait l'un de ses numéros d'évasion pendant mon absence ?

— Non, la chaîne sur le portail du paddock et le verrou que nous avons rajouté à son box semblent avoir mis un terme à ses virées en solo, raconta Lizzie. Mais je l'ai quand même autorisé à sortir pour qu'il nous aide à effectuer quelques-unes de tes corvées.

Kate imagina le poney pie, un balai dans la bouche, en train de nettoyer la cour. Quiconque aurait entendu cette conversation aurait pensé que tante et nièce n'avaient pas toute leur tête ; or il était vrai que Coco, ayant grandi dans un cirque, pouvait non seulement balayer, mais aussi ramasser du linge qui séchait ou même border Kate dans un lit !

— Et comment se porte Espoir ?

La jeune fille se prit à penser à la jolie pouliche qui était née l'année précédente au refuge.

— Elle a beaucoup grandi depuis que je suis partie ?

— Tu ne t'es absentée que deux semaines !

Lizzie changea de vitesse et s'engagea sur une longue route, laissant la ville derrière elles.

— Et Hutch ? Est-ce qu'il a promené des clients en charrette pendant les vacances ?

Kate avait orné la charrette rouge du Shire de guirlandes et de boules de Noël avant de rentrer en Angleterre.

— Non, répondit sa tante. Nous n'avons pas eu un seul visiteur, hormis Señor Fernandez.

La curiosité piqua Kate. Daniel Fernandez, le père de son amie Julia, travaillait pour le journal local. Depuis que le ranch était devenu un refuge pour chevaux, Señor Fernandez avait écrit de nombreux articles pour vanter le refuge.

— A-t-il l'intention de publier un autre article ?

— Il a mis en place un appel aux dons pour Noël, l'informa Lizzie. Nous avons vraiment besoin de cet argent, surtout avec les nouvelles bouches à nourrir.

Kate tourna la tête vers la fenêtre, et la brise rejeta ses longs cheveux blonds en arrière. Les Tipuanas, des arbres aux grosses branches tordues, dominaient la campagne qui s'était encore plus dépouillée pendant son absence. L'herbe se desséchait sous le soleil implacable, et les étendues vertes étaient à présent jaune et marron. Kate songea au combat permanent que menait le refuge pour être financièrement viable. Elle n'avait pas arrangé les choses lorsqu'elle avait posté à la va-vite un message sur le blog, affirmant qu'ils avaient besoin de chevaux. Elle pensait à un cheval de selle pour emmener les clients en balade, mais ils avaient fini par se retrouver avec Hutch, un immense cheval de trait, qui mangeait deux pour cent de son poids par jour.

— Je me sentirais soulagée si nous pouvions gagner assez d'argent et ne pas dépendre des dons, avoua Lizzie en soupirant.

— Attends que je commence à organiser des goûters d'anniversaire avec Coco.

Kate se tourna vers sa tante.

— Et avec un peu de publicité, je suis sûre que beaucoup voudront faire des balades en charrette avec Hutch.

Lizzie coinça une mèche de ses cheveux auburn derrière son oreille.

— Je déteste devoir jouer la tante rabat-joie, mais la priorité pour toi ce trimestre-ci est de remonter tes notes. On ne peut pas dire que ton dernier bulletin était brillant.

Kate se mordit la lèvre inférieure en repensant à la déception de ses parents quand elle leur avait montré son carnet. Enfin, montré, si on peut dire… Elle avait réussi à le garder caché dans sa valise jusqu'à ce que sa mère décide d'y rajouter des tee-shirts et le trouve enfermé dans une des poches de côté. Ses parents l'avaient menacée de lui faire suivre des cours particuliers si ses notes ne s'amélioraient pas, et la jeune fille n'avait aucune envie d'avoir moins de temps libre, du temps qu'elle pourrait passer avec les chevaux.

— Je vais essayer de faire beaucoup mieux cette année, déclara-t-elle sincèrement. Tu as ma parole, Tante Lizzie, que d'ici la fin du semestre, ils me demanderont peut-être même de remplacer certains professeurs.

À vrai dire, ce n'est pas une mauvaise idée, songea-t-elle. Elle adorait le dessin : pourquoi ne proposerait-elle pas des cours particuliers ? Et d'ailleurs, d'anglais aussi. Elle imaginait déjà l'annonce : *Apprenez l'anglais en peignant dans un cadre idyllique.* Ils pourraient organiser des séjours artistiques au ranch ! Rafael, le régisseur, irait chercher les clients en ville, Santa, qui s'occupait de la maison, leur ferait la cuisine, et Lizzie donnerait des cours d'équitation à ceux qui le souhaiteraient. En fait, ils pourraient organiser des vacances équestres en plus des séjours artistiques. Évidemment, il leur faudrait plus de chevaux, mais l'argent que leur verseraient les pensionnaires couvrirait largement le coût. Ils auraient aussi besoin d'agrandir la maison, mais peut-être que pour commencer, leurs clients pourraient dormir sous des tentes…

— Kate, quel que soit le plan farfelu que tu es en train d'échafauder, je veux que tu l'oublies sur-le-champ, ordonna Lizzie sévèrement.

La jeune fille écarquilla les yeux.

— Qu'est-ce qui te fait penser que je suis en train d'échafauder un plan ?

— Parce que ça fait deux minutes qu'aucun son n'est sorti de ta bouche, et vu tes antécédents, si tu ne parles pas, c'est que tu es en train de mijoter quelque chose.

Lizzie se pencha pour allumer la radio.

— Et maintenant, fais-moi plaisir : cesse de parler, de penser et, pour une fois, détends-toi jusqu'à ce qu'on arrive !

Avant que sa tante ait coupé le moteur de la Jeep, Kate avait déjà ouvert la portière et sauté à terre.

— C'est si bon de rentrer chez soi. Cet endroit m'a vraiment manqué.

Les paddocks situés face à la maison étaient vides, les chevaux étant placés à l'abri de la chaleur pendant la journée.

— Ah, revoilà Kate Sommers, ce qui signifie, j'imagine, que c'est la fin de notre tranquillité, déclara Rafael depuis la véranda sur laquelle il était occupé à remplacer une latte de bois.

Un sourire barra son visage ridé.

— Tu es revenue seule ? Je m'attendais presque à te voir débarquer avec un poney blessé, qu'il nous aurait fallu soigner.

Kate sourit.

— Je ne suis pas un aimant à animaux en détresse à ce point-là !

Elle se précipita sur l'homme pour l'embrasser, puis fila à toute allure vers le petit chemin qui menait à l'arrière-cour. Sa joie ne fit que redoubler quand elle aperçut Coco, qui regardait par-dessus la porte de son box. Le poney tourna la tête en direction des bruits de pas, les oreilles dressées.

— Salut, mon tout beau ! s'écria Kate. Je t'ai manqué ?

Au son de sa voix, Cohete et Nando se penchèrent au-dessus de leur box et hennirent. Cohete décocha un coup de sabot dans sa porte et agita la tête de haut en bas, faisant ainsi rebondir sa crinière contre son encolure. Coco frotta le bout de son nez contre la joue de

Kate, puis, soudain, attrapa sa casquette de base-ball entre ses dents, la lui ôta et recula au fond de son box.

— Voleur ! gloussa la jeune fille. Tu ne peux pas l'avoir. Le bleu ne te va pas.

Elle se glissa à l'intérieur du box, serra le poney entre ses bras, puis tendit la main.

— Donne !

Coco renâcla avant de laisser tomber la casquette que Kate rattrapa habilement au vol.

— Voilà un nouveau tour à ajouter à notre répertoire, conclut-elle en souriant. Tu vas avoir un de ces succès aux anniversaires. Je me demande si le père de Julia accepterait d'écrire un article sur toi. Ce serait un bon moyen pour nous faire de la pub gratuitement.

Tout à coup, la jeune fille poussa un cri aigu : quelqu'un l'avait attrapée par-derrière et l'avait attirée contre un torse musclé.

— J'aurais dû me douter que la première chose que tu ferais en rentrant serait d'aller rendre visite aux chevaux. Voilà de quoi inquiéter ton petit ami ! déclara une voix grave dans le creux de son oreille.

Kate fit demi-tour sur elle-même et croisa le regard amusé de Luis.

— Au moins, ça t'oblige à continuer à faire des efforts pour moi, répliqua-t-elle.

— Tu crois ça ? répondit Luis en rigolant. Eh bien, si je dois faire des efforts, je devrais peut-être commencer par me muscler les bras.

D'un geste vif, il la souleva entre ses bras et la fit sortir du box.

— Tu n'as pas mis ton maillot de bain ? demanda-t-il, l'air songeur.

— Non, je n'ai pas eu le temps…

La jeune fille s'interrompit en voyant que Luis avait les yeux rivés sur l'abreuvoir des chevaux, installé de l'autre côté de la cour.

— N'y songe même pas ! cria-t-elle.

— Donne-moi une seule bonne raison de ne pas le faire.

Les yeux couleur ambre du garçon pétillaient de malice.

— Parce que avant que tu n'atteignes l'abreuvoir, Coco aura traversé la cour pour aller décrocher le linge de Santa qui sèche, répondit Kate. Tu as laissé la porte de son box ouverte, regarde.

La bouche de Luis se contracta.

— Tu as gagné, admit-il en la reposant à terre. Mieux vaut une petite amie victorieuse qu'une grand-mère en colère.

Il pressa délicatement ses lèvres contre celles de Kate.

— Tu m'as manqué.

— Toi aussi, avoua-t-elle.

— Pas autant que les poneys, la taquina Luis tandis qu'il s'en allait refermer la porte de Coco.

— Ça, c'est sûr, approuva Kate, le sourire aux lèvres. J'imagine que je devrais te donner ton cadeau de Noël pour me faire pardonner.

Le garçon haussa les sourcils.

— Tu m'as acheté un cadeau ?

— Tu l'auras dès que j'aurai fait un plongeon dans la piscine.

La jeune fille fit claquer son tee-shirt contre elle.

— Combien fait-il au juste ? ajouta-t-elle.

— Kate ! appela la voix de Lizzie. Viens déballer tes affaires d'abord, tu t'occuperas des chevaux après !

— Je te retrouve à la piscine, même si on dirait que tu n'es pas prête de pouvoir nager ! blagua Luis.

Kate lui tira la langue, puis courut rejoindre sa tante qui l'attendait au portail de la cour.

— Désolée, Tante Lizzie. Mes valises m'étaient complètement sorties de la tête.

Lizzie glissa son bras sous celui de sa nièce, et elles prirent le chemin de la voiture.

— S'il y a bien une chose qui ne m'a pas manqué, c'est devoir te rappeler cent fois par heure ce que tu as à faire !

— Je sais, admit Kate. Mais je travaille pour faire baisser cette moyenne.

Elle sortit sa valise de la Jeep et rentra dans la maison. Une bouffée d'air provenant du ventilateur fixé au plafond l'accueillit. Elle poussa un soupir de soulagement. Au moins, il faisait frais à l'intérieur.

— Kate ? C'est toi ? appela Santa depuis la cuisine.

Une délicieuse odeur parvint aux narines de la jeune fille.

— Mmm, du gâteau au chocolat et au caramel, mon préféré !

Kate suivit les effluves et pénétra dans la cuisine où Santa finissait de glacer la génoise d'un gâteau à deux étages.

— Te voilà !

La petite femme s'essuya les mains sur un torchon avant de courir l'embrasser.

— Tu nous as beaucoup manqué. La prochaine fois, tu ne pars pas aussi longtemps. C'est trop calme sans toi.

Kate rendit son baiser à Santa.

— C'est pour moi, le gâteau ?

Elle s'approcha pour en prendre une tranche.

— *Si*, pour te souhaiter la bienvenue à la maison.

Santa s'empara d'une cuillère en bois et donna un coup sec sur la main de Kate.

— Tu en mangeras après avoir déjeuné, pas avant.

— Et on déjeunera quand tu auras déballé tes affaires, lui rappela Lizzie.

Kate planta un doigt dans le saladier qui avait contenu le glaçage et le fit courir le long de la paroi.

— Vous savez, il existe un bon moyen de m'empêcher d'enfreindre les règles.

Lizzie ouvrit le réfrigérateur et se servit un verre de thé glacé.

— Ah bon ? s'enquit-elle.

— Ouais, les supprimer !

Avant que sa tante ait eu le temps de répondre, la jeune fille avait filé hors de la cuisine et ramassé sa valise. Elle gravit les escaliers en pierre et gagna sa chambre. Comme il faisait beaucoup plus chaud à l'étage, Kate s'empressa d'allumer le ventilateur posé sur sa coiffeuse, puis jeta sa valise sur son lit et l'ouvrit. Elle mit de côté les cadeaux qu'elle avait rapportés et se dépêcha ensuite de fourrer ses vêtements dans les tiroirs de sa commode. Enfin, elle enfila le nouveau maillot de bain qu'elle avait acheté en Angleterre et attacha ses cheveux en arrière. Elle était prête pour la piscine ! Elle ouvrit la porte de sa chambre et se retrouva nez à nez avec sa cousine, Clara.

— Bienvenue !

Peu encline aux embrassades, Clara tendit la main pour taper dans celle de Kate.

— Je suis venue voir si tu avais envie d'aller nager. J'ai besoin de faire une pause, je suis en train de rédiger mon devoir d'histoire. Tu verrais tout le travail qu'on m'a donné à faire pendant les vacances, ce n'est pas croyable.

— C'est ta faute, tu n'avais qu'à pas être aussi brillante et décrocher une place dans un centre d'entraînement de polo pendant l'année scolaire, la taquina Kate.

— Crois-moi, brillante n'est pas le mot que j'emploierais actuellement pour me décrire, répondit Clara en bâillant. J'ai l'impression d'avoir la tête bourrée de coton. Ça craint vraiment d'étudier sous cette chaleur. Allez, à la piscine ! Joli, ton maillot, d'ailleurs.

— Merci.

Kate attrapa un paquet sur son lit et le tendit à sa cousine.

— Joyeux Noël !

— Oh, ouah ! s'exclama Clara en déchirant le papier cadeau qui renfermait le même maillot de bain, mais d'une couleur cuivrée et chatoyante. C'est vraiment gentil. Merci, Kate.

Elle se changea en vitesse pendant que Kate alla chercher des serviettes dans la salle de bains. Elles dévalèrent l'escalier et se précipitèrent dehors. Luis était déjà dans la piscine et se laissait flotter sur le dos. Les deux filles échangèrent un bref regard avant de prendre leur élan et de sauter dans le bassin en faisant une bombe.

L'eau jaillit avec force sur Luis, qui se retourna sur le ventre. Il nagea vigoureusement en direction de sa petite amie, plongea et lui saisit les jambes.

— Temps mort ! cria Kate, essoufflée, quand elle réapparut à la surface.

Les trois jeunes gens se laissèrent alors flotter paresseusement, tandis que Lizzie et Santa disposaient le déjeuner sur la table du jardin.

— Allez, les enfants ! les appela Lizzie. C'est l'heure de manger.

Kate drapa une serviette autour de ses épaules et alla s'asseoir à côté de Luis. Elle se servit de la salade et du poulet bien qu'elle n'ait pas particulièrement faim. Elle attrapa sa fourchette tout en essayant de combattre un subit accès de fatigue ; il lui semblait que des poids pesaient sur ses paupières.

— Kate ! s'écria Santa, au moment où sa tête s'affaissait.

La jeune fille sursauta et ouvrit les yeux.

— Hein… ?

— Tu as bien failli finir dans ton déjeuner, pouffa Rafael.

Il agita sa fourchette en l'air.

— Ce n'est pas une façon de traiter le poulet qui a donné sa vie pour te nourrir.

— Tu devrais faire une sieste, conseilla Clara. Tu as l'air claquée.

Kate ouvrit la bouche pour la contredire, mais réalisa alors qu'elle était effectivement épuisée.

— Je vais peut-être aller m'allonger un peu sur une des chaises longues, concéda-t-elle, espérant ainsi rester assez près pour ne rien manquer.

— Bien, mais avant, déclara sa cousine en se levant, nous avons quelque chose pour toi.

Elle se précipita dans la maison.

— Ton cadeau de Noël, ajouta Lizzie.

Luis pencha la tête et murmura à l'oreille de sa petite amie :

— Tu vas adorer.

— Moi aussi, j'ai des cadeaux pour vous.

Kate se sentit tout à coup moins fatiguée et en profita pour aller chercher les présents dans sa chambre.

Lorsqu'elle revint, elle entendit depuis la cuisine carrelée des rires s'élever du jardin. Elle fut soudain emplie de bonheur à l'idée d'être de retour au ranch. Elle sortit sur le patio et distribua ses cadeaux.

— Oh, Kate, c'est parfait ! s'exclama Lizzie en déballant un foulard en soie bleu et gris argenté.

— Maman a dit que ça te plairait.

La jeune fille sourit avant de se tourner vers Santa, qui ouvrait un coffret contenant de la crème pour les mains et des sels de bain.

— C'est exactement ce que j'aurais choisi ! Merci !

Santa se pencha et planta un baiser sur la joue de Kate.

Rafael enfila le tee-shirt orné de la phrase *I love London*.

— Qu'en penses-tu ? demanda-t-il à son petit-fils. Est-ce que je pourrais passer pour un Anglais ?

Ses yeux noirs pétillèrent.

— Vive le Prince Rafael ! lança Luis en brandissant ses deux pouces en l'air.

Il jeta un coup d'œil à Kate.

— J'essaie de deviner ce que tu m'as acheté ou je l'ouvre directement ?

— Ouvre-le ! s'esclaffa-t-elle.

Le cadeau de Luis avait été le plus dur à trouver. La jeune fille avait hésité à lui prendre quelque chose de complètement cliché, comme de l'after-shave, ou quelque chose de vraiment utile, comme une salopette à porter dans son atelier de réparation de vélo. Au final, elle avait trouvé un compromis entre les deux et avait acheté un agenda en cuir relié, avec un drapeau du Royaume-Uni sur la couverture. Des photographies de célèbres monuments anglais décoraient l'intérieur.

— Je me suis dit qu'un jour j'aurais peut-être l'occasion de te faire visiter ma ville natale, suggéra Kate timidement, lorsque le garçon tomba sur une photo de Big Ben.

Luis sourit.

— Je te ferai tenir ta promesse.

Kate tourna son regard vers Clara qui passait les portes de la cuisine, un grand carton entouré d'un énorme ruban rouge dans les bras.

— C'est pour moi ? demanda-t-elle en secouant la tête. Je n'attendais rien.

Elle savait combien les finances étaient serrées, les chevaux nécessitant chaque centime économisé.

Intriguée, elle défit le nœud et jeta un coup d'œil dans la boîte. Elle eut le souffle coupé en apercevant un bridon en cuir souple, dont les boucles en laiton brillaient, et un frontal rouge et noir.

— C'est pour Coco, l'informa Clara.

— Comme on sait que tu meurs d'envie de le monter, ajouta Lizzie.

Kate, sans voix, sortit une selle dont la sangle rouge et les étriers étincelaient.

— C'est magnifique, parvint-elle enfin à dire. Je n'en crois pas mes yeux.

— Papa a proposé de nous offrir une selle et un bridon de sa sellerie, expliqua Clara. Et maman a décidé d'en choisir qui iraient à Coco.

Kate savait que sa tante manquait énormément d'équipement équestre et n'arrivait pas à croire qu'elle avait privilégié Coco plutôt que n'importe quel autre cheval du refuge. Elle sentit les larmes lui monter aux yeux.

— Merci, bredouilla-t-elle. C'est le plus beau cadeau qu'on m'ait jamais fait.

Elle passa sa main sur le cuir de la selle.

— Je peux aller l'essayer sur Coco ?

— Un peu plus tard, peut-être, répondit Lizzie. Après t'être reposée.

À cet instant précis, Kate bâilla.

— Tu as raison, je vais aller faire une petite sieste. Gardez-moi un bout de gâteau.

Sachant qu'il ferait plus frais dans le salon que dans sa chambre, Kate traversa le couloir et alla s'étendre sur le canapé. Un sentiment de bien-être l'envahit. *Ça m'a fait plaisir de passer un peu de temps en Angleterre, mais c'est ici chez moi, maintenant. C'est ici que je me sens vraiment à ma place.*

Chapitre 2

— Coucou, bébé, dit Kate à Espoir en grattouillant la douce touffe de poils qui poussait sur son front. Comment ça va avec cette chaleur ? Il fait sacrément chaud, hein ?

La pouliche ferma ses grands yeux en forme d'amande et poussa un faible soupir.

— Les températures doivent être vraiment élevées pour que tu sois si peu vive.

D'ordinaire, Espoir était une boule d'énergie. À ses côtés, Neema, sa mère, somnolait, la tête ballante, et ouvrait juste de temps à autre les yeux pour surveiller la pouliche.

Plus loin dans l'allée, Hutch tira sur son filet à foin et se mit à mâchonner en cadence. Kate le rejoignit et se mit sur la pointe des pieds pour caresser son encolure musclée.

— Tu as bonne mine, mon beau.

Hutch était le dernier arrivé au refuge et, grâce à son tempérament doux et patient, tous l'avaient déjà adopté.

— Tu es prête, Kate ? appela Lizzie depuis les portes de l'écurie.

— Presque.

La jeune fille fit une dernière caresse à Hutch, puis se dépêcha de sortir.

— Je voulais juste finir de dire bonjour à tous les chevaux.

Elle accompagna sa tante dans l'arrière-cour, où Coco était attaché à un mur ; sa robe baie tachetée de blanc scintillait après le pansage que lui avait dispensé Kate.

— Voyons voir de quoi il a l'air dans ses nouveaux ornements, déclara Lizzie en détachant la bride du mur.

Elle reboucla le licol de Coco autour de son encolure avant de faire glisser rapidement les rênes au-dessus de sa tête. Le poney rabattit les oreilles en arrière lorsqu'elle tenta de lui introduire le mors dans la bouche, mais elle insista jusqu'à ce qu'il l'accepte.

— Les montants du bridon doivent remonter dans l'anneau.

Lizzie resserra chaque boucle de laiton.

— Tu vois ? demanda-t-elle en indiquant la commissure des lèvres de Coco. Quand le mors est correctement en place, le cheval est censé avoir un léger pli de peau à cet endroit-ci.

Santa passa sous l'arcade qui reliait l'arrière-cour à l'annexe dans laquelle elle vivait avec Rafael et Luis. Elle tendit à Kate un tapis de selle écarlate.

— C'est notre cadeau de Noël, de la part de Rafael et moi, dit-elle. Nous espérons que ça te plaira.

Kate déplia le tapis brodé, dévoilant de complexes surpiqûres dorées.

— Oh, ouah, c'est parfait, confirma-t-elle.

Elle le positionna sur le dos de Coco, puis plaça la selle par-dessus.

— Merci, Santa. Ça lui va à ravir.

Le poney tourna la tête et observa la selle.

— Il se rappelle la dernière fois où on lui en a mis une, dit Lizzie en jetant un regard entendu à sa nièce.

La jeune fille repensa au jour où elle avait essayé de monter Coco dans la carrière sans se douter qu'il n'était pas débourré. Elle avait fini par aller s'écraser contre la clôture avant de s'évanouir.

— Tu crois vraiment qu'il se souvient de ce qui s'est passé ?

L'anxiété gagna Kate quand elles quittèrent Santa et menèrent Coco hors de la cour.

— J'espère qu'il n'a pas peur.

Lizzie haussa les sourcils.

— Il n'y a vraiment que toi pour penser que le cheval qui t'a fait tomber a peut-être peur. C'est toi qui es censée être réticente à l'idée de remonter sur son dos !

— Je n'aurai jamais peur de Coco, répliqua Kate. C'était ma faute, la dernière fois, je n'aurais pas dû le monter alors qu'il n'était pas prêt.

Coco n'avait jamais été dressé pour être monté. Après avoir passé des années dans un cirque, il avait été vendu à une famille qui le considérait comme un animal de compagnie, avant d'être cruellement négligé.

— Que va-t-on lui faire faire ? s'enquit Kate.

— Ça dépendra de lui.

Lizzie mena le poney dans la carrière et le fit arrêter au centre.

— Mais je vais te longer pour le premier cours, ajouta-t-elle.

— Je l'ai déjà monté toute seule, avant, riposta sa nièce. Je suis sûre qu'on saura se débrouiller sans.

— Toi, peut-être, mais pas moi. Je n'ai pas les nerfs assez solides pour te regarder décoller sans freins d'atterrissage, tu comprends ?

— Oui, soupira Kate.

— Voyons voir d'abord s'il supporte de t'avoir sur le dos.

Sans geste brusque, Lizzie souleva sa nièce pour l'aider à se mettre en selle. Les oreilles de Coco fusèrent en arrière et il fit un pas de côté.

— Du calme, mon beau, le rassura Kate en lui caressant l'encolure.

Lizzie lui sourit.

— Que penses-tu de la selle ?

— Elle est vraiment confortable.

Elle rassembla les rênes, qui étaient douces et souples.

— Je parie que je vais être une bien meilleure cavalière avec ce harnachement.

Lizzie fit claquer sa langue.

— Avance, Coco, c'est bien. Presse-le un tout petit peu, Kate.

La jeune fille referma ses jambes contre les flancs de sa monture, qui se raidit. Lizzie fit à nouveau claquer sa langue, et Coco fonça soudain en avant. Kate vacilla dans la selle et s'agrippa à la crinière du poney.

— Garde l'équilibre, l'avertit sa tante. Il essaie de comprendre comment se déplacer avec un tel poids sur le dos. Moins tu bougeras, plus tu l'y aideras.

Kate acquiesça d'un signe de tête avant de réaliser que si elle agitait la tête, elle n'allait pas franchement aider Coco. Lizzie dirigea alors le poney le long de la clôture, tandis que la cavalière regardait fixement devant elle.

— Bouge avec lui, lui conseilla sa tante. Si tu étais trop décontractée avant, là tu es raide comme un piquet !

Clara les rejoignit à ce moment-là ; elle plissa ses yeux verts et examina sa cousine d'un air critique.

— Pas mal, commenta-t-elle, même si tu devrais garder un contact plus constant avec sa bouche. Quand il aura trouvé son équilibre, il la positionnera bien sur le mors.

Ils tournèrent à l'angle de la carrière, et Kate sentit l'arrière-main de sa monture balancer sur le côté.

— Qu'est-ce qu'il fait ?

— Il cherche juste à comprendre comment garder l'équilibre quand il tourne avec du poids sur le dos, expliqua Lizzie en tapotant l'encolure de Coco. Tu te débrouilles bien.

— Merci, répondit la cavalière.

— Elle parlait au poney, lui fit remarquer Clara. Si j'étais toi, je me concentrerais pour trouver mon équilibre au-dessus des étriers.

— Si ton équilibre est mauvais, Coco ne pourra pas avancer librement, approuva Lizzie.

— Et je suis censée faire quoi, alors ? Je croyais que ce cours était destiné à Coco, pas à moi ! répliqua Kate, quelque peu agacée.

— Assure-toi que ton poids descende de tes épaules à tes jambes, puis dans tes pieds, lui conseilla sa cousine.

Sa tante acquiesça.

— Imagine que quelqu'un surgisse du sol et fasse disparaître Coco. Si tu montes correctement, tu atterriras sur tes pieds et dans la même posture.

Kate fit basculer son poids et eut tout de suite le sentiment d'être plus grande. Elle traversa la diagonale pour faire avancer Coco sur la rêne opposée et sentit qu'il commençait à se détendre. Sa foulée devint plus fluide et il baissa la tête.

— Tu veux essayer de trotter ? proposa Lizzie, une fois qu'ils eurent accompli plusieurs tours de piste.

— Pas vraiment, admit Kate. J'ai suffisamment de choses à me souvenir au pas. Si tu me fais aller au trot, je finirai sûrement froissée comme un paquet qu'on a déballé !

Lizzie rit.

— Je pense que c'est une bonne idée de ne pas trop en demander à Coco dès le premier jour. C'était du beau travail.

Elle fit arrêter le poney et lui offrit un bout de carotte.

— Merci… répondit Kate avant de s'interrompre. Tu parlais à moi ou à Coco ? ajouta-t-elle.

— À vous deux ! s'esclaffa sa tante. Un petit plus d'entraînement, et vous formerez une sacrée équipe.

Kate prit place au bout de la table sur laquelle étaient disposés du poulet frit, du maïs, des frites, de la pizza au pepperoni, du houmous, du céleri et de la sauce salsa – tous ses plats préférés.

— Je pourrais facilement m'habituer à ce genre de traitement, dit-elle, un large sourire illuminant son visage, tandis que Lizzie lui passait le saladier de poulet.

— Tu as raté Noël et le jour de l'An. Tu n'allais pas retourner à l'école sans partager un repas de fête avec nous, non ? déclara Santa.

— Ne parlez pas d'école, s'il vous plaît, supplia Kate. Il nous reste encore toute une journée de vacances avant qu'on soit obligées d'y penser.

La jeune fille aperçut alors le regard désapprobateur de sa tante.

— Sauf pour nous assurer que nos sacs contiennent les bons livres pour les cours de mardi, se rattrapa-t-elle rapidement.

Pour une fois, elle était à jour dans ses devoirs. Sa mère l'avait obligée à s'en débarrasser au tout début des vacances.

— Sinon, ajouta-t-elle à l'intention de Luis, bien décidée à changer le sujet de la conversation, tu as eu du travail à l'atelier pendant les fêtes ?

— Oui, beaucoup de gens sont venus me voir pour que je leur monte les bicyclettes qu'ils avaient achetées et avec lesquelles ils ne s'en sortaient pas.

Le garçon beurra un petit pain et glissa un bout de poulet dedans.

— Un type s'est pointé à dix heures, le matin du réveillon de Noël. Il avait réussi à mélanger les câbles des freins et des vitesses. Il m'a payé trois fois plus cher pour que je lui arrange ça ! Il désespérait de pouvoir l'offrir à son fils le lendemain matin.

— Et toi, alors ? demanda Clara à sa cousine. Tu as fait plein de choses pendant les vacances ou tu en as profité pour te reposer ? Ça a dû être chouette de ne pas avoir à t'occuper des écuries.

— C'est vrai que je ne peux pas dire que me lever à cinq heures du mat' pour nettoyer les boxes m'ait manqué ! répondit Kate en souriant. Papa et maman m'ont emmenée à droite et à gauche pour rendre visite à la famille, et j'ai passé deux jours chez ma meilleure amie, Louisa.

Les parents de la jeune fille avaient pris la décision de louer leur maison le temps de la mission de son père à l'étranger, ainsi ils avaient passé Noël à Stratford-upon-Avon chez sa grand-mère.

— J'aimerais beaucoup trouver le temps d'aller rendre visite à Granny, avoua Lizzie. Ça fait trois ans que je ne l'ai pas vue. Nous nous étions retrouvées à Londres, la dernière fois, et nous avions été voir un spectacle dans le West End.

— *Le Roi Lion*, précisa Clara d'un ton enthousiaste. C'était génial, les costumes étaient vraiment impressionnants. Et après, papa nous avait emmenées au Hard Rock Café.

— J'adore cet endroit, approuva Kate. Nous sommes allés à Londres pour faire nos achats de Noël et nous avons déjeuné là-bas.

— On dirait que tu as passé du bon temps. Nous avons de la chance que tu aies décidé de revenir, commenta Luis.

Malgré le ton léger du garçon, Kate décela une lueur d'inquiétude dans ses yeux couleur ambre. Elle s'apprêtait à le rassurer en lui disant que même si la Reine lui avait proposé de s'installer à Buckingham Palace, elle aurait décliné son offre pour revenir au ranch, lorsque son regard se posa sur une boîte à bijoux qui dépassait de la poche de son petit ami.

— Oh, c'est pour moi ?

Luis suivit le regard de Kate.

— J'allais te l'offrir un peu plus tard.

— Pourquoi ? Ce n'est pas une bague de fiançailles tout de même ? plaisanta-t-elle.

Le garçon roula les yeux.

— J'abandonne. Tiens.

Il sortit la boîte et la lui tendit.

La jeune fille défit le nœud couleur crème, puis souleva le couvercle. Elle découvrit, déposé sur un morceau de soie, un pendentif en argent représentant la tête d'un cheval finement ouvragée. Kate regarda fixement le bijou. C'était le deuxième collier orné d'un cheval qu'on lui offrait en quelques semaines à peine. Le premier était dans la chambre, caché dans sa boîte à bijoux.

— Ça ne te plaît pas ? demanda Luis.

S'apercevant qu'elle n'avait rien dit, la jeune fille releva les yeux.

— Je l'adore, répondit-elle honnêtement.

— Fais voir, dit Luis en se levant. Je vais t'aider à le mettre.

Avec une impression de déjà-vu, Kate souleva ses cheveux pour que le garçon attache la chaîne autour de son cou. Elle se demanda combien de temps Luis avait dû économiser pour le lui acheter. Le collier était vraiment beau ; si seulement elle ne se sentait pas si gênée en songeant à la ressemblance entre les cadeaux de Luis et Sina. *Tu ne dois pas te sentir mal. Sina est juste un ami,* se dit-elle. Néanmoins, elle ne pensait pas que Luis apprécierait de connaître l'existence de l'autre collier. Le jeune homme se rassit et pressa la main de Kate sous la table.

— Merci, murmura-t-elle.

Rafael attrapa sa fourchette et la fit tinter contre son verre.

— Portons un toast, déclara-t-il, à notre famille qui est de nouveau réunie.

Kate sentit le rouge lui monter aux joues comme tout le monde levait son verre dans sa direction. Elle leva aussi le sien.

— Au refuge pour chevaux du Ranch Batistuta, ajouta-t-elle, et à la plus belle des années à venir.

Le matin suivant, Kate se réveilla tôt. Elle porta une main à son front. Elle avait l'impression que quelqu'un essayait de sortir de son cerveau. Elle fouilla le tiroir de sa table de nuit, trouva des cachets antidouleur, puis s'assit pour les avaler, ce qui ne fit qu'augmenter son mal de tête.

— Le décalage horaire et la déshydratation ne font pas bon ménage, grommela-t-elle.

Elle enfila ses chaussons et descendit lentement à la cuisine. Après avoir vidé un grand verre de jus d'orange, elle se sentit un peu mieux et décida qu'elle ferait tout aussi bien de s'habiller et d'aller nettoyer les écuries avant que le soleil ne cogne trop fort.

Kate n'avait pas enlevé son pendentif avant d'aller se coucher la veille, mais elle jugea préférable de ne pas le garder pour aller s'occuper des chevaux, ses bijoux ayant la fâcheuse habitude de se casser ou de se perdre. Alors qu'elle était en train de ranger la chaîne, on frappa à la porte de sa chambre.

— Bonjour ! la salua sa cousine en bâillant. Tu t'es levée tôt.

— Toi aussi, répondit Kate.

Clara était déjà vêtue d'une large chemise à col tunisien et d'un caleçon.

— Je me suis dit que j'avais plutôt intérêt à nettoyer les boxes avant qu'il ne fasse vraiment chaud, expliqua-t-elle.

Elle plissa les yeux et observa le collier de Sina dans la boîte à bijoux de Kate.

— C'est joli.

Elle attrapa le délicat cheval de pierre et l'examina de plus près.

— Tu as donc deux chevaux en pendentif, maintenant ?

Elle releva les yeux vers sa cousine et haussa les sourcils. Kate sentit ses joues s'empourprer.

— C'est Sina qui m'a offert celui-ci, avoua-t-elle. Mais c'était sans arrière-pensée, il voulait juste me remercier d'avoir cru en lui.

Peu de temps avant Noël, Sina avait été accusé à tort d'avoir volé une épicerie du coin.

Clara rentra les joues.

— Tout est fini entre vous, non ?

Kate prit le collier des mains de sa cousine et le lâcha dans la boîte à bijoux, qu'elle referma d'un coup sec.

— Mais bien sûr que oui. Je te rappelle que Luis est mon petit ami et que Sina sort avec Elena.

Les yeux de Clara pétillèrent malicieusement.

— Je me demande ce qu'elle penserait si elle savait que Sina t'a offert un collier. Ce n'est pas le genre de cadeau que fait normalement un garçon à une fille qui est juste son amie.

Kate plaqua une main contre son front et regretta de s'être levée aussi vite.

— Je ne me sens pas très bien, déclara-t-elle. Je crois que je vais me recoucher.

— Ah non, pas question, rétorqua Clara en l'attrapant par le bras. Tu as échappé à assez de corvées comme ça pendant les vacances. Allez, viens !

Elles enfilèrent leurs bottes au rez-de-chaussée, puis sortirent. Kate fut surprise que le soleil tape déjà aussi fort.

— Ça va encore être la canicule, aujourd'hui, constata-t-elle.

— Ouais, confirma Clara en replaçant sa casquette. Je crois que je n'ai jamais connu d'été aussi chaud. On doit battre des records de température.

Elles longèrent les paddocks depuis lesquels les chevaux les observaient, les oreilles dressées. Les enclos étaient dépourvus d'herbe, ce qui signifiait que les animaux ne se nourrissaient plus que de foin. Kate se mordit la lèvre en pensant à la facture du fourrage. Elle espéra que sa tante l'autoriserait à commencer ses prestations avec Coco aux goûters d'anniversaire très prochainement.

Les deux filles trouvèrent Lizzie dans l'arrière-cour. Elle poussait une brouette.

— Bonjour, les paresseuses, les salua-t-elle. J'ai fini de nettoyer les stalles dans l'écurie. Si vous pouviez vous occuper de celles de la cour, ce serait bien. Je vais commencer à rentrer les chevaux du paddock.

Kate débarrassa sa tante de la brouette, la vida, puis alla s'attaquer au box de Cohete. Après avoir enlevé à la fourche la paille salie et l'avoir remplacée par de la propre, elle prit le seau pour aller le remplir d'eau fraîche. Elle ouvrit le robinet extérieur, mais rien ne coula. Elle le tourna encore et encore, sans résultat. Elle plongea alors le seau de Cohete dans l'abreuvoir placé sous le robinet, le reposa dans le box du poney, puis courut chercher Rafael.

— Désolée de vous sortir du lit, s'excusa-t-elle lorsque l'homme lui ouvrit la porte, les yeux bouffis. Mais le robinet de la cour ne marche plus.

Rafael passa la main dans ses cheveux argentés.

— Je savais que nous risquions d'avoir un problème d'eau si la sécheresse persistait ainsi, mais je ne pensais pas aussi tôt.

— Est-ce que ça veut dire que nous n'avons plus d'eau dans la maison, non plus ? demanda Kate. Je croyais juste qu'il était bloqué.

— Un instant, dit l'homme en levant un doigt.

Il rentra chez lui et se dirigea vers la cuisine située à l'arrière de l'annexe.

— Pas d'eau ici, non plus ! annonça-t-il quelques secondes plus tard. Il faut que je voie Lizzie. Où est-elle ?

— Elle est en train de rentrer les chevaux, l'informa Kate. Vous voulez que j'aille la chercher ?

Mais Rafael était déjà en train d'enfiler des bottes par-dessus le bas de son pyjama.

— Non, je vais t'accompagner.

Des claquements de sabots retentirent dans la cour au moment où ils franchissaient l'arcade. Lizzie menait Cohete et Nando à leur box. Elle s'arrêta subitement en découvrant Rafael en pyjama.

— Tout va bien ? s'enquit-elle.

— Non, répondit l'homme d'un ton sérieux. C'est l'eau, elle a tari.

Une ride profonde creusa le front de Lizzie.

— J'ai pourtant vérifié la citerne d'eau, il y a deux jours, elle était quasiment pleine. Je ferais mieux d'aller y rejeter un coup d'œil. Il doit y avoir une autre explication. Peut-être que la conduite est bouchée.

Elle se tourna vers sa nièce.

— Peux-tu aller me chercher Sanchez au paddock, pendant que je sors son harnachement ? Et si tu arrives à seller et brider Cohete super vite, tu peux m'accompagner, si tu veux. Un peu d'exercice lui fera du bien.

Bien que l'absence d'eau l'inquiète, la perspective de monter à cheval, comme chaque fois, emplit Kate de joie. Elle alla chercher Sanchez et le rentra à l'écurie avant de se dépêcher de panser et harnacher Cohete. Elle vérifiait que la sangle était bien attachée, quand sa tante passa la tête au-dessus de la porte du box et lui tendit de la crème solaire et un foulard.

— Fais attention de bien protéger ta nuque, lui conseilla-t-elle. On attrape facilement de méchants coups de soleil à cet endroit-ci, quand on se promène à cheval.

Kate appliqua la crème avant d'enrouler le foulard de coton autour de son cou.

— Mon amie Louisa était morte de jalousie en voyant mon bronzage, dit-elle tout en faisant sortir Cohete de son box.

Elle observa Lizzie monter en selle sans effort et souhaita pouvoir avoir la même grâce naturelle.

— Elle n'arrivait pas à se faire à l'idée de me voir aussi bronzée en décembre !

— Un hâle, c'est bien, une insolation, beaucoup moins, lui fit remarquer sa tante. Il faut vraiment que tu fasses très attention à cette période de l'année, tu peux te faire carboniser en quelques minutes. Ça me fait penser qu'il va falloir que je rachète de l'écran solaire pour les chevaux. Le bout de leurs oreilles, leur nez et leurs taches blanches sont très sensibles aux UV.

Kate rassembla les rênes et empêcha Cohete d'avancer.

— Attends que je sois montée avant de partir, lui dit-elle.

— Raccourcis un peu ta rêne intérieure, comme ça, s'il parvient quand même à avancer, il ne pourra que tourner sur lui-même, conseilla Lizzie. Prête ?

La jeune fille prit place en selle.

— Prête.

Elles sortirent de l'arrière-cour au trot et s'engagèrent sur une piste où il n'y avait aucun coin d'ombre. Elles suivirent le sentier qui serpentait au pied de la montagne sous le soleil de plomb. Voyant sa tante faire passer Sanchez au galop, Kate s'enfonça dans la selle et raccourcit ses rênes. Cohete lui paraissait menu comparé aux flancs arrondis de Coco, mais il était bien équilibré et prompt à répondre. Elle resserra les jambes, et son poney, arquant légèrement l'encolure, se lança immédiatement dans un galop fluide. Lizzie fit faire un demi-arrêt à Sanchez pour que sa nièce puisse la rattraper et chevaucher à ses côtés. Un oiseau de proie décrivait des cercles au-dessus de leurs têtes et poussait des cris perçants, tandis que les sabots des chevaux claquaient sourdement contre le sol brûlé.

— Cohete est vraiment vif, commenta Kate, hors d'haleine. Après Coco, on dirait un poney à réaction !

— Je suis persuadée qu'il a été bien dressé dans sa jeunesse, répondit sa tante. Mais il n'y a aucune raison pour que tu n'arrives pas à rendre Coco aussi vif, à condition que tu y travailles sérieusement.

Le visage de Kate se fendit d'un large sourire : elle était ravie que sa tante lui fasse assez confiance pour l'aider à débourrer Coco. *Il y a quelques mois à peine, j'apprenais tout juste à trotter !*

Lizzie fit ralentir Sanchez et s'engagea sur un chemin rocailleux. De petits cailloux s'entrechoquaient en glissant le long de la pente que les chevaux gravissaient en direction de la forêt. Les rayons du soleil furent bientôt bloqués par les nombreux arbres feuillus, dont les branches formaient une canopée verte au-dessus des deux cavalières. L'air devint soudain plus frais et Kate, prenant ses rênes à une main, desserra son foulard. Elle tendit l'oreille pour écouter l'eau courante du ruisseau, qui alimentait la rivière au bassin de la vallée, mais seuls résonnaient le doux claquement des sabots et le cri ponctuel de l'oiseau.

Lizzie soupira.

— Le ruisseau est asséché. On va peut-être au-devant de sérieux problèmes, maintenant. Cela arrive presque tous les ans, mais jamais avant le mois de février ou mars. Et ça n'explique toujours pas pourquoi nous n'avons plus d'eau au ranch. Il y en avait suffisamment pour que nous tenions plusieurs semaines, la dernière fois où j'ai jeté un œil à la citerne. J'espère qu'elle ne fuit pas.

Kate fronça les sourcils.

— Mais si c'est le cas, nous pourrons réparer la fuite et remplir à nouveau la citerne, non ?

— La réparer, oui. La remplir sera plus compliqué. Il se peut qu'il n'y ait plus une seule goutte d'eau dans les montagnes. Ni pour nous ni pour les chevaux et les agriculteurs du coin, dit Lizzie d'un ton grave.

— Ça craint.

Kate eut le cœur serré. Dire qu'elle avait passé les deux semaines précédentes à se plaindre de la pluie en Angleterre, et qu'à présent elle souhaitait qu'elle tombe.

Droit devant elles, la lumière se fit plus vive et les arbres se clairsemèrent. Lizzie arrêta Sanchez à la limite des arbres et désigna d'un geste une énorme citerne à eau installée à l'intérieur d'un canyon. Un tuyau reliait le réservoir à la paroi rocheuse de l'imposante montagne.

— Il faut que je grimpe en haut de la citerne pour vérifier le niveau de l'eau, expliqua Lizzie à sa nièce.

Kate sortit les pieds des étriers, mais alors qu'elle s'apprêtait à sauter à terre, Cohete rabattit vivement les oreilles en arrière. Il s'écarta sur le côté et rentra dans Sanchez, qui fit une petite ruade.

— Ho ! souffla Kate, comme les muscles de sa monture se contractèrent.

Elle semblait sur le point de s'emballer.

— Du calme, mon beau.

Lizzie fit tourner Sanchez et observa la forêt. Le cheval fouailla de la queue et se mit à caracoler sur place.

— Je ne vois rien. De quoi ont-ils peur ?

Kate jeta un œil à Cohete et remarqua que l'une de ses oreilles était de biais. Elle suivit cette direction et découvrit un buisson épineux, qui jaillissait d'un affleurement rocheux. Un grognement sourd et menaçant s'en éleva.

— Là ! s'écria Kate, le doigt tendu. Il y a quelque chose dans le buisson !

Chapitre 3

Oh, mon Dieu, pensa Kate, affolée. *C'est un lion. Y a des lions en Argentine ? Ou c'est un ours, peut-être.*

— C'est un ours ! souffla-t-elle.

— Quoi ? demanda Lizzie, interloquée.

— Ou un loup. Ce pourrait être un loup.

Kate referma les jambes autour des flancs de Cohete et maintint une pression constante sur les rênes. Le poney recula prestement de trois pas et se posta aux côtés de Sanchez. La jeune fille laissa échapper un petit cri.

— Qu'y a-t-il ? la pressa sa tante en scrutant alentour comme si elle s'attendait à voir une meute de loups les encercler.

— Tu as vu ce que je viens de faire ? J'ai reculé, alors qu'on ne m'a jamais appris la technique ! se réjouit Kate. Ouah, je deviens vraiment bonne.

— Il me semble que l'envie pressante de Cohete de s'éloigner du buisson y est aussi un peu pour quelque chose, commenta Lizzie.

— Qu'est-ce qui se cache là-dedans, à ton avis ? Est-ce possible que ce soit un loup ?

Kate scruta le feuillage sans parvenir à distinguer quoi que ce soit.

— Ça m'étonnerait, chuchota sa tante. On n'a pas vu de loup dans les environs…

Elle s'interrompit soudain en voyant les feuilles à l'arrière du buisson remuer.

Kate poussa Cohete à avancer, mais il refusa de bouger. Elle lui asséna quelques coups de talons et il finit, contre son gré, par obéir en s'ébrouant.

— Kate ! cria Lizzie.

À la lisière des arbres derrière le buisson, la jeune fille entraperçut un bout de fourrure blanche. Elle discerna une imposante silhouette canine, qui s'éloignait à la hâte dans la forêt.

— Je suis sûre que c'est un loup, affirma Kate. Un loup blanc ! Ce n'est pas censé porter chance ?

— Pas aux fermiers du coin, répondit Lizzie en faisant avancer Sanchez dans l'espace ouvert. Il a peut-être descendu la montagne pour trouver de l'eau. Bon, apparemment, il était plus effrayé que nous, espérons donc qu'il nous laisse tranquilles.

Elles mirent pied à terre et menèrent les chevaux

un peu plus loin dans la clairière. La citerne d'eau se dressait juste au-dessus de leur tête.

— Quand Carlos et moi étions encore ensemble, nous venions souvent jusqu'ici à cheval avec les palefreniers pour nous baigner après les entraînements de polo, raconta Lizzie. C'était avant que nous fassions construire la piscine.

— Cool ! s'enthousiasma Kate.

Elle imagina comme ce pourrait être plaisant de chevaucher jusque-là en compagnie de Luis et Clara pour aller ensuite s'amuser dans l'eau.

— C'est dommage qu'il n'y ait pas de rampe pour permettre aux poneys de grimper. J'ai toujours voulu nager avec un cheval.

— Pour le moment, je me contenterais juste de trotter dans une petite flaque, dit Lizzie en soupirant. Ou de n'importe quelle autre trace de pluie !

Elle attacha Sanchez au trépied de bois qui supportait la citerne. Kate fit de même avec Cohete un peu plus loin, puis suivit sa tante sur l'échelle accrochée à l'extérieur du réservoir. Lizzie s'arrêta sur la plate-forme de bois et se pencha pour examiner l'intérieur de la citerne.

— Il n'y a plus rien ! constata-t-elle avec stupéfaction. Pas une seule goutte. Il doit y avoir une fuite. Comment j'ai fait pour rater ça ?

Elle passa les jambes par-dessus le bord de la citerne et descendit dedans à l'aide des poignées fixées le long de la paroi. Kate l'imita. Une odeur d'humidité s'élevait du fond, forçant la jeune fille à plisser le nez. Quand elle franchit le dernier barreau, ses bottes se posèrent dans un bruit de succion sur une couche de feuilles en décomposition mêlée à de la boue. Lizzie se mit à inspecter les murs en passant les mains sur la surface lisse et métallique. Kate observa le fond de la citerne avant de se décider à plonger les mains dans la gadoue. Elle grimaça.

— Beurk ! C'est moi ou ce truc pue l'œuf pourri ? s'écria-t-elle, sa voix résonnant contre les parois du réservoir.

Elle se demanda comment elle allait bien pouvoir repérer un trou ou une fêlure à travers le dépôt vaseux.

Lizzie finit son inspection et se tourna vers sa nièce.

— Euh, Kate, ma puce, j'apprécie beaucoup ton aide, mais j'avais prévu de vérifier le fond de la citerne depuis l'extérieur, tu sais.

La jeune fille se redressa, les mains dégoulinantes.

— Je suppose que ça ne sert à rien de demander s'il y a de l'eau quelque part pour me rincer ?

Sa tante soupira, puis jeta un coup d'œil à la conduite qui reliait le réservoir au flanc de la montagne.

— Pas une seule goutte, constata-t-elle.

— J'imagine que je peux tenir jusqu'à ce que nous rentrions ; je pourrai faire un petit plongeon dans la piscine, déclara Kate en suivant sa tante vers la sortie.

— Désolée, ma chérie, mais plus personne ne va pouvoir se servir de la piscine, désormais. Nous allons devoir utiliser son eau pour les chevaux. Nous avons l'habitude de garder la piscine pour les cas d'urgence, c'est pour ça que nous traitons l'eau à l'ozone et non avec des produits chimiques, pour qu'elle reste pure.

Lizzie sauta à terre et s'accroupit pour pouvoir passer sous la citerne.

Sanchez, qui piaffait nerveusement, se mit à fouailler de la queue quand une mouche se posa sur sa robe noire. Kate éloigna l'insecte de la main et caressa l'encolure du cheval.

— On n'en a plus pour très longtemps, le rassura-t-elle.

Cohete dressa les oreilles et poussa un faible hennissement.

— Je ne t'ai pas oublié, lui répondit la jeune fille en souriant.

Elle se rapprocha de lui et caressa son bout de nez duveteux. Elle remarqua alors qu'une flaque de boue tachait le sol, quelques pas plus loin. Elle passa la tête sous la citerne et découvrit une petite fêlure. Une jointure à la base du réservoir s'était fendue en deux.

— Tante Lizzie ! appela-t-elle. Viens voir !

Lizzie, toujours accroupie, marcha en crabe jusqu'à elle et passa la main sur la fêlure.

— Je ne comprends pas comment j'ai fait pour ne pas voir ça, la dernière fois que je suis venue.

Elle s'extirpa du dessous de la citerne et se redressa.

— Et comme la source de la montagne a complètement tari, je vais devoir faire venir un camion-citerne à la maison.

— Ça ne devrait pas coûter très cher, non ? espéra Kate. Ce n'est que de l'eau, après tout.

— Malheureusement, ça ne va pas être donné.

Lizzie se frotta les mains sur ses jodhpurs avant d'aller détacher Sanchez. Elle vérifia la sangle et monta agilement en selle.

— Ce n'est pas la fin du monde. Rafael et Luis sauront ressouder la jointure pour qu'au moins, on ne perde pas d'eau quand elle se remettra à couler. Le plus inquiétant est de ne pas savoir combien de temps va durer la sécheresse.

Kate se mordit la lèvre inférieure. Chaque jour sans pluie était un jour où il fallait donner aux chevaux du foin et s'approvisionner en eau. Sans pluie, le ruisseau qui se déversait dans la citerne resterait tari, et l'herbe ne pousserait pas dans les paddocks asséchés.

Tandis qu'elles retraversaient les bois frais en sens inverse, Kate fouilla du regard les arbres qui bordaient le chemin. Le loup était-il quelque part tout près ? Elle l'imagina qui les observait chevaucher mais, au lieu de s'en effrayer, elle frémit de joie. Elle était persuadée qu'un loup blanc ne pouvait qu'être signe de chance – ce dont ils avaient actuellement grand besoin.

Kate se chargea d'éponger Sanchez et Cohete pendant que sa tante allait informer les autres de la fuite. Décidant que le plus utile serait d'apporter de l'eau dans l'arrière-cour, la jeune fille alla ensuite chercher sa cousine.

— Salut, lança-t-elle à Clara, qui était occupée à nettoyer une selle dans l'écurie. Je vais aller chercher de l'eau de la piscine, ça t'embêterait de me donner un coup de main ?

Kate ramassa deux seaux vides.

— Pas du tout, répondit sa cousine.

Elle donna un dernier coup de chiffon à la selle et la suspendit à une étagère.

— Maman m'a dit pour la fuite. Quel cauchemar. On doit déjà assez se serrer la ceinture comme ça. Dire qu'il va falloir qu'on paye un camion-citerne, en plus.

Tandis qu'elles traversaient la cour, Coco passa la tête par-dessus sa porte et hennit en direction de Kate.

— Je ne peux pas venir jouer avec toi, lui dit-elle. J'ai du travail qui m'attend.

Elles remplirent les seaux dans la piscine mais, sur le chemin du retour, une grande partie gicla par-dessus bord, l'eau s'évaporant du sol sec presque aussitôt.

— Ça ne va pas, geignit Clara en élevant la voix par-dessus le bruit de l'eau qu'elles vidaient dans l'abreuvoir. Ça va nous prendre toute la journée, surtout si on ne remplit les seaux qu'à moitié pour éviter d'en perdre en chemin. Rafael est parti chercher du foin, on ne peut même pas se servir du camion pour faire un aller-retour.

Kate approuva d'un signe de tête.

— Je sais ! s'exclama-t-elle soudain. On n'a qu'à prendre Hutch. On peut l'atteler à sa charrette.

L'excitation la gagna à l'idée de faire travailler Hutch, d'autant plus qu'elles éviteraient ainsi de passer des heures à porter des seaux sous la chaleur caniculaire.

Les yeux de sa cousine s'illuminèrent.

— Enfin !

Kate fronça les sourcils.

— Enfin quoi ?

— Une de tes idées tient la route ! gloussa Clara.

Elles abandonnèrent les seaux et gagnèrent l'écurie. Hutch cligna ses yeux bordés de longs cils d'un air endormi, lorsque Kate apparut avec son licol. Il s'ébroua avant d'abaisser la tête pour que la jeune fille puisse boucler la sangle en cuir derrière ses oreilles. Elle tapota ensuite son encolure musclée.

— Brave bête.

Clara maintint la porte ouverte à sa cousine pour qu'elle mène Hutch dans l'écurie adjacente, où était rangée la charrette. Une odeur d'huile flottait dans l'air et, dans la partie renfermant l'atelier de Luis, un vélo était partiellement démonté. Kate fit arrêter Hutch pendant que Clara attrapait le harnais de cuir suspendu au mur.

— Qu'est-ce que vous faites ? les interrogea Luis en pénétrant dans l'écurie à grandes enjambées.

Sa bouche d'ordinaire souriante était crispée. *Lizzie a dû le mettre au courant de la situation,* supposa Kate.

— Nous devons apporter de l'eau de la piscine aux écuries et nous nous sommes dit que ce serait plus facile si nous utilisions Hutch, l'informa-t-elle.

Le garçon approuva d'un signe de tête.

— Laissez-moi vous aider.

Il prit le harnais des mains de Clara. Il était assez grand pour pouvoir l'enfiler à Hutch sans avoir besoin de grimper sur un carton, ce qu'avait prévu de faire Kate.

— Il y a des bidons d'eau par là-bas, dit-il en désignant de la tête le fond de l'écurie. Tu peux les mettre dans la charrette, Clara ? Et Kate, viens m'aider à attacher le harnais.

— Oui, chef, répondit-elle en faisant un salut militaire.

Luis abaissa le collier de cuir autour de la tête du cheval et saisit le harnais.

— Il faudrait que tu resserres la sangle sur son poitrail, dit-il.

Il déroula les lanières de cuir de sorte qu'elles reposent à plat sur le dos de Hutch. Quand ils eurent fini d'ajuster le harnais, Kate fit reculer le cheval entre les brancards de la charrette, en prenant garde d'éviter ses énormes sabots.

— C'est trop chouette, même si je parie que Hutch sera déçu quand il découvrira qu'il n'ira pas plus loin que le portail du jardin ! s'exclama Kate.

Elle se glissa sur le siège avant à côté de Luis, et Clara grimpa à l'arrière.

Luis desserra le frein et fit claquer sa langue à l'attention du cheval, qui avança avec force. Dans un bruit de ferraille, la charrette sortit de l'écurie et suivit le chemin qui courait le long de la maison. Luis arrêta Hutch devant le portail en fer forgé qui s'ouvrait sur la piscine et descendit de voiture. Clara avait trouvé six bidons, et Kate fut surprise du poids qu'ils pesaient une fois remplis.

— C'est le dernier, haleta-t-elle tandis que Luis l'aidait à charger un bidon à l'arrière de la charrette.

Elle lança un regard d'envie vers la piscine.

— Si seulement j'étais tombée dedans en remplissant les bidons. Forcément, la seule fois où j'aurais apprécié d'être maladroite, je ne le suis pas.

Ils remontèrent en voiture, et Luis passa les rênes à Kate.

— Tiens, à ton tour.

La jeune fille tira d'un coup sec sur les rênes et fit claquer sa langue.

— Avance, Hutch.

L'animal obéit immédiatement, et la charrette repassa devant la maison, plus lentement et plus lourdement qu'à l'aller. Le claquement des sabots du vieux cheval, qui se dirigeait progressivement vers les écuries, se mit à résonner quand il pénétra dans l'arrière-cour. Santa apparut sous l'arcade menant à l'annexe. Ses yeux s'illuminèrent quand elle les vit.

— Nous nous sommes servis de Hutch pour transporter de l'eau depuis la piscine, expliqua Luis.

— Rien ne remplacera jamais la force du cheval, commenta Santa en souriant.

Elle sortit un biscuit pour chevaux de la poche de son tablier et le tendit à Hutch.

Kate tira sur les rênes et l'animal s'arrêta avant de tendre la tête pour s'emparer du biscuit.

— Dommage que la force du cheval ne puisse pas nous livrer une douche, souffla Kate.

Luis lui jeta un coup d'œil.

— Non, mais si tu me le demandes gentiment, je pourrai peut-être t'aider à en trouver une.

— Comment ? demanda-t-elle.

Luis rit.

— Attends de voir !

Kate et Clara patientaient en maillot de bain sur la véranda pendant que Luis accrochait un seau au bord du toit.

— Je ne vois pas comment ton truc va me laver, grommela Kate. Quand tu m'as promis une douche, je ne savais pas qu'elle allait être imaginaire.

— Essaie de rester sous le seau et pense à de l'eau, plaisanta le garçon avant de disparaître dans la maison.

— C'est officiel. Le soleil l'a rendu *loco*[1].

1. *Loco* : « fou » en espagnol.

Kate roula les yeux, puis alla inspecter le seau suspendu au toit de la véranda. Une fenêtre s'ouvrit à l'étage au moment où Lizzie sortait sur la terrasse en bois.

— Oh, une douche de safari, quelle bonne idée, remarqua-t-elle en déposant un plateau de thé glacé sur la table.

— Une douche de safari ? répéta Kate juste avant de hurler.

De l'eau giclait sur elle. Elle leva la tête en plissant les yeux et constata que Luis avait percé plusieurs trous au fond du seau, dans lequel il versait à présent de l'eau depuis l'étage.

— Hou, hou ! cria Kate en secouant ses cheveux en arrière. Ramène le savon, Clara !

— Vous plaisantez, j'espère, répondit sa cousine, les yeux rivés sur le seau. Ce n'est pas demain la veille que vous me verrez me doucher ici, où n'importe qui peut arriver et me voir.

— Hé, redescends sur terre, répliqua Kate. Il fait quatre-vingt-dix-neuf degrés à l'ombre, et la seule eau qu'il nous reste est celle de la piscine. On ne peut pas se permettre d'être trop exigeantes. Et maintenant, passe-moi le savon.

La jeune fille enduisit son visage, ses bras et ses jambes de mousse, puis se rinça, se délectant de la sensation de l'eau froide sur sa peau.

— L'idée de la douche est excellente, mais je vais certainement pouvoir vous offrir quelque chose de plus sophistiqué ce soir, annonça Lizzie d'un air mystérieux.

Kate attrapa une serviette.

— Et comment ? s'enquit-elle.

— Quand je lui ai parlé de notre situation, Antonio nous a invitées à dîner et a proposé qu'on profite de sa douche.

Lizzie prit un magazine sur la table et s'éventa avec.

Clara se planta sous le seau.

— En fait, ce n'est pas si mal. Je crois que je vais décliner l'offre d'Antonio. Ce système fera l'affaire.

— Seulement s'il y a quelqu'un pour verser de l'eau dans le seau, lui fit remarquer sa mère en plissant les yeux. Déclines-tu l'invitation d'Antonio à aller se doucher chez lui ou à dîner ?

— Les deux, répondit Clara. Il faut que je vérifie ce soir que je n'ai rien oublié de faire pour les cours, demain.

Elle s'écarta de la douche et s'enveloppa dans une serviette.

— Bien, dit Lizzie d'un ton déçu. Je pensais juste que ç'aurait été agréable de dîner ensemble tous les quatre. J'espère que tu viendras la prochaine fois qu'il nous invitera.

Clara haussa les épaules.

— Peut-être.

Kate attendit que sa tante soit rentrée pour parler à sa cousine.

— Tu n'as pas passé toutes les vacances à faire tes devoirs ? Je parie que tu es bien mieux préparée que moi pour demain.

— Étant donné tes antécédents, je pourrais ne rien faire du tout et être tout de même mieux préparée que toi, releva Clara.

Kate s'indigna.

— Tu es vraiment dure. J'ai fait beaucoup d'efforts récemment. Et de toute façon, ne change pas de sujet. Pourquoi cela te dérange-t-il d'aller dîner chez Antonio, ce soir ?

Clara pinça les lèvres.

— N'insiste pas, Kate.

Elle tourna les talons et croisa Luis qui ressortait de la maison.

— Qu'est-ce qu'elle a ? demanda-t-il.

Kate entreprit de démêler ses cheveux mouillés avec ses doigts.

— Qui peut deviner ce qui se passe dans la tête de Clara ?

Luis posa les mains sur les épaules de sa petite amie.

— Ne sois pas trop dure avec elle. Il faut lui laisser le temps de s'adapter à tous ces changements, tu ne crois pas ?

Kate fronça les sourcils.

— Ce n'est qu'une douche extérieure. Je ne vois pas pourquoi ça lui pose un tel problème.

Le garçon esquissa un sourire.

— Je ne parlais pas de la douche. Je parlais de la difficulté qu'a Clara à voir Lizzie et Antonio ensemble. Plus ils se rapprochent, plus l'espoir que ses parents se réconcilient s'amenuise.

— Mais Tante Lizzie et Oncle Carlos ne vont jamais se remettre ensemble, Clara le sait bien.

La jeune fille n'était pas certaine que Luis ait bien interprété le comportement de sa cousine. Le garçon fit glisser son pouce le long de la joue de Kate.

— Tu es si monochrome, Kate. Pour toi tout est noir ou blanc.

— Es-tu en train de dire que je suis prévisible ?

La jeune fille se sentit blessée. Luis pencha la tête en arrière et se mit à rire. Puis il se redressa et la regarda d'un air amusé.

— S'il y a bien une seule chose de prévisible chez toi, c'est ton imprévisibilité !

Alors qu'elle observait le paysage qui défilait par la fenêtre, Kate souhaita qu'il puisse faire aussi frais dehors qu'à l'intérieur de la Jeep. Clara, l'air maussade, regardait droit devant elle et refusait de se mêler à toute conversation malgré les nombreuses tentatives de sa mère.

Aucune touche de vert n'était visible dans la campagne qu'elles traversaient pour se rendre en ville. Des vignes noueuses poussaient en rangées sur des kilomètres de terre marron rougeâtre. De vifs rayons de soleil se déversaient dans la voiture et gênaient la vision à travers le pare-brise, qui était couvert d'un film de poussière. Lizzie, embêtée, fit claquer sa langue quand elle essaya en vain de laver la vitre.

— Je vais acheter des bouteilles d'eau. Je vais être obligée d'en utiliser pour nettoyer le pare-brise.

Elle mit son clignotant et s'engagea sur la voie qui menait en ville.

— De quoi avez-vous envie pour la rentrée ?

— D'une tenue décontractée, répondit Kate.

Elle avait toujours fréquenté des écoles où il fallait porter un uniforme, et c'était une nouveauté pour elle de pouvoir choisir ses vêtements.

— Ça me fait vraiment bizarre d'aller acheter des habits d'été avec l'argent que j'ai reçu pour Noël !

Elle reporta son regard vers la fenêtre et remarqua que les pelouses, qui bordaient les maisons, jaunissaient.

— Aucun endroit n'est épargné par la sécheresse, c'est fou, commenta-t-elle.

— Pas le ranch des Kirby, dit enfin Clara dont le visage s'illumina à la mention du lieu où son père entraînait désormais une équipe de polo. Ils ont installé un système d'irrigation qui arrose leurs pelouses et les paddocks. Tout est vraiment bien entretenu, là-bas, ajouta-t-elle.

— C'est bien, oui, si on a une réserve d'eau suffisante, répliqua Lizzie.

Les Kirby n'ont vraiment aucune idée de ce que vivent les gens du coin, pensa Kate. *Dans le genre déconnectés, ils sont pas mal !*

— Je suis contente d'y aller samedi, poursuivit Clara. Tomas a promis de s'entraîner avec moi, le matin.

Ses joues se colorèrent à l'évocation de la jeune star montante de l'équipe de Kirby.

Lizzie les déposa en face de la ruelle qui menait à la boutique où elles faisaient toujours leur shopping.

— Je voudrais trouver une nouvelle chemise pour samedi, annonça Clara tandis qu'elles se faufilaient entre les rayons d'habits.

— Ce ne serait pas à cause de Tomas, par hasard ? ne put s'empêcher de dire Kate pour taquiner sa cousine.

— C'est possible ! répondit Clara, le sourire aux lèvres. Dommage que je ne puisse pas me pointer à un entraînement de polo dans quelque chose de ce style, ajouta-t-elle en attrapant une petite robe noire. Mais je suppose que ce ne serait pas juste – ça ne l'aiderait pas franchement à garder les yeux rivés sur la balle.

Kate se mit à rire.

— Je suis en train de t'imaginer jouer dans cette tenue et avec une paire de talons aiguilles de quinze centimètres aux pieds.

Elle reprit son sérieux.

— Concentre-toi, Kate, pense au lycée demain.

Elle prit sur un étalage un short en jean aux bords coupés.

— Tu crois que je pourrais me permettre de porter ça ?

— Avec tes cuisses, tu ne peux pas te permettre de porter quoi que ce soit au-dessus des genoux, résonna une voix moqueuse et familière dans son dos.

Kate se retourna vivement et découvrit Elena, une fille de sa classe, devant une cabine d'essayage. Avant qu'elle n'ait le temps de répondre, la porte de la cabine s'ouvrit, et la tête de son amie, Julia, apparut dans l'entrebâillement.

— Arrête de faire ta peste, Elena. Kate a de superbes jambes, et tu le sais très bien.

Julia se précipita alors sur Kate et la serra dans ses bras.

— Tu es rentrée ! Je me suis dit que tu allais peut-être vouloir rester en Angleterre.

Kate rendit son étreinte à son amie.

— Et manquer de faire les frais du formidable sens de l'humour d'Elena ?

— Il faut absolument que tu achètes ce short, conseilla Julia. La seule raison pour laquelle Elena ne veut pas que tu le prennes, c'est parce qu'elle sait que tout le monde n'aura d'yeux que pour toi, quand tu le porteras.

Elena leva les yeux au ciel.

— Oh, comme si j'avais besoin de rivaliser avec Kate.

Kate grommela en son for intérieur, espérant qu'Elena n'allait pas lui rappeler pour la cent millième fois qu'elle sortait avec Sina.

Clara les rejoignit, une tunique brodée à la main.

— Ça ira à merveille avec le short, affirma-t-elle en suspendant le vêtement devant Kate.

— Tout à fait, approuva Julia d'un ton enthousiaste. Et avec ça, ajouta-t-elle.

Elle attrapa un collier de perles sur un présentoir et fit rouler les pierres bleues et vertes entre ses doigts.

Elena dégagea ses longs cheveux méchés de son épaule.

— Des perles ? Vraiment ? Ce n'est pas franchement original.

Elle se mit à tripoter son propre collier, une chaîne ornée d'un chat minutieusement taillé dans de la pierre.

Clara l'observa attentivement avant de regarder sa cousine en haussant les sourcils. Kate grimaça. Sina semblait leur avoir offert des bijoux vraiment très similaires. Troublée, elle prit les vêtements et le collier de perles et alla les déposer sur le comptoir de la caisse sans prendre la peine de les essayer. Pourquoi Sina lui avait-il quasiment fait le même cadeau qu'à Elena ?

Lorsque ses achats furent emballés dans du papier de soie et rangés dans un sac, elle chercha Clara dans le magasin. Sa cousine avait enfilé une jupe évasée à motifs et observait son reflet dans un miroir sur pied.

— Ouah, ça te va à ravir, la complimenta Kate.

Clara se mordit la lèvre.

— Je l'adore, mais je n'ai pas assez d'argent si je veux trouver une chemise pour le polo, en plus.

Sur un coup de tête, Kate se retourna vers la caissière et acheta la jupe avec le reste de son argent de Noël.

— C'est moi qui paie, dit-elle d'un ton ferme lorsque sa cousine protesta. Ça me fait plaisir.

Clara hésita.

— Je sais que je devrais te disputer, mais je n'en ai pas envie.

Elle embrassa Kate.

— Merci, je l'adore !

Kate était contente que Clara se soit laissé faire aussi facilement.

— De rien.

De retour au ranch, les deux filles passèrent leurs nouveaux habits pour les montrer à Lizzie. Kate entra la première dans le salon et se mit à se pavaner d'un bout à l'autre de la pièce comme si elle défilait sur un podium de mode. Alors qu'elle tournait sur elle-même au milieu du salon, Clara se joignit à elle. Elles croisèrent les bras et se donnèrent un coup de hanche.

— Pas mal, non ? demanda Kate à sa tante, qui était assise dans le canapé.

— Vous êtes très belles, toutes les deux. Ce short en jean sera très bien pour les écuries, même si tu risques sans doute de te faire dévorer les jambes par les moucherons, répondit Lizzie.

— Je ne l'ai pas acheté pour les écuries, je l'ai acheté pour aller en cours, protesta la jeune fille.

Sa tante haussa les sourcils d'un air étonné.

— Tu ne peux pas porter ça au lycée ! C'est bien trop court. Tu veux encore te faire coller ?

La bonne humeur de Kate dégringola.

— Notre lycée ne nous impose pas de porter d'uniforme.

— Mais il a tout de même certains critères d'exigence, répliqua Lizzie fermement.

Elle se tourna vers sa fille.

— Cette jupe n'a pas l'air donnée, ma puce.

Clara jeta un coup d'œil à sa cousine.

— C'est un cadeau, Kate me l'a offerte.

Lizzie soupira.

— Kate, ma chérie, c'est très généreux de ta part, mais je ne peux pas te laisser dépenser ton argent de Noël pour Clara.

— Mais… l'interrompit Kate.

Sa tante leva une main.

— Tu lui as déjà offert le maillot de bain, tu n'as pas à lui faire d'autre cadeau. Clara sait que quand on manque d'argent, on doit faire des sacrifices. Vous irez rendre la jupe. Fin de la discussion !

Chapitre 4

— Kate, tu vas louper le bus si tu ne te bouges pas immédiatement !

Lizzie pénétra dans l'arrière-cour, les sourcils froncés.

— Cours !

Ouah, quelle mouche a piqué Tante Lizzie ?

Kate déposa un dernier baiser sur le bout du nez de Coco.

— Je viens te voir dès que je rentre, lui promit-elle.

Sentant le regard de sa tante peser sur elle, la jeune fille se dépêcha de regagner la maison. Elle n'y trouva pas Clara et en déduisit qu'elle était déjà partie.

Arrivée à mi-chemin de l'allée menant au portail, Kate s'aperçut qu'elle avait laissé son sac sur la véranda.

— Non, non, non, se lamenta-t-elle.

Elle fit demi-tour et courut jusqu'à la maison. Elle attrapa rapidement son sac et piqua un sprint jusqu'à la sortie du ranch, où le bus attendait.

— Merci de l'avoir retenu, dit-elle, le souffle coupé, à l'attention de sa cousine qui patientait, un pied posé sur la première marche du car.

Clara rentra dans le véhicule et traversa l'allée principale.

— Je ne sais pas comment tu fais pour être toujours en retard.

— C'est juste que je déteste perdre du temps, se défendit Kate en s'affalant dans un siège. Si tu y réfléchis, en fait, je suis super ponctuelle. Le truc, c'est qu'il faut toujours que quelque chose se mette en travers de mon chemin et m'empêche d'être à l'heure.

Clara plissa les yeux et fronça les sourcils.

— Si c'est à moi que tu parlais, autant te dire que je n'ai rien compris.

— Laisse tomber, tant que je me comprends.

Kate tira d'un coup sec sur son tee-shirt.

— Pff, si seulement j'avais pu prendre une douche froide, ce matin.

— Tu ne la sentirais déjà plus vu comme tu as couru pour avoir le bus, fit remarquer Clara.

Elle soupira.

— Ça craint de ne pas avoir d'eau, ajouta-t-elle.

— Presque autant que de ne pas avoir de nouvelle tenue le jour de la rentrée, répondit Kate.

Elle resta silencieuse un court instant.

— Qu'est-ce que ta mère avait, hier soir ? Ça l'a vraiment énervée à ce point que je t'achète la jupe ?

Lizzie avait annulé le dîner chez Antonio et passé la soirée à ranger la maison de fond en comble.

— Je pense qu'elle est surtout inquiète à cause du manque d'eau, répondit Clara.

Kate avait espéré monter Coco, mais avait été à la place obligée de trier les papiers dans le bureau.

— Si je n'arrive pas à travailler régulièrement avec Coco, il finira par rester sauvage toute sa vie, soupira-t-elle. Quel gâchis.

— Sauvage n'est pas exactement le mot que j'emploierais pour parler d'un poney qui peut balayer la cour et border quelqu'un dans un lit, commenta Clara.

Kate lui fit une grimace.

— Tu sais bien ce que je veux dire. Il est à une étape importante de son dressage. Nous lui devons de poursuivre, maintenant que nous avons commencé, sinon il ne va plus rien comprendre. Il pourrait développer des troubles psychologiques. D'ailleurs, en y repensant, je l'ai trouvé un peu déprimé ce matin.

— C'est sûrement parce qu'il savait que tu retournais au lycée.

Kate décida d'ignorer le ton ironique de sa cousine.

— Tu as peut-être raison. Pendant les vacances, j'ai lu dans un magazine un article qui parlait d'une femme dont le cheval la comprenait si bien qu'il sentait quand elle était malheureuse, avant qu'elle-même ne s'en rende compte.

— Parce que tu en connais, toi, des chevaux télépathes ? répliqua Clara, la voix étouffée par son sac dans lequel elle farfouillait.

Elle en sortit un petit flacon et s'aspergea le visage.

— Oh, c'est un vaporisateur ? Mets-en-moi, aussi, demanda Kate en fermant les yeux. Mmm, ça fait trop de bien, ajouta-t-elle quand elle fut couverte d'une fine brume d'eau parfumée. D'ailleurs, tu m'as donné une idée de nouveau tour pour Coco. Il pourrait prétendre lire l'avenir des spectateurs.

Clara la dévisagea.

— Et comment est-il censé faire ça sans parler ?

Kate écarta la remarque de sa cousine d'un geste de la main.

— Tu es trop négative, voilà ton problème. Tu vois toujours des difficultés là où tu devrais voir des opportunités. Je trouverai comment lui faire faire ce tour.

— Pourquoi est-ce que je ne suis pas surprise ?

Clara se leva.

— Allez, on est arrivées.

Elles firent la queue pour descendre du bus, qui s'était arrêté au bas de l'allée du lycée. Lorsqu'elles passèrent le portail, Kate aperçut Julia à côté de la fontaine et se dirigea vers elle.

— Salut les filles ! lança Julia en agitant la cuillère dont elle se servait pour manger un pot de yaourt glacé. Premier jour de classe, et déjà l'impression de n'être jamais partie.

— Tu m'en diras tant, approuva Clara. Tu es jolie comme ça.

Julia était vêtue d'une longue jupe chinée et d'une blouse paysanne. Kate prit d'autant plus conscience du pantacourt et du tee-shirt rouge qu'elle avait déjà portés des centaines de fois.

Elena les rejoignit et brossa une peluche imaginaire sur sa nouvelle robe pour attirer l'attention dessus. Kate ne lui fit délibérément aucune remarque et se mit à s'extasier sur la tenue de Julia.

— Dis-moi, tu as oublié de te changer après être allée aux écuries ? intervint Elena en regardant ostensiblement le tee-shirt de Kate.

La jeune fille baissa les yeux et vit que Coco avait laissé une tache couleur foin sur son épaule. Elle était sur le point de confirmer qu'elle n'avait pas eu le temps de se changer, mais Elena enchaîna :

— Ou peut-être que tu n'as pas eu le droit de porter ton short à l'école ?

Elle sourit d'un air suffisant.

L'ignorant, Kate se tourna vers Julia.

— Qu'est-ce que tu as eu à Noël ?

— Un iPad, répondit Julia. Vous n'imaginez même pas le nombre d'applications que j'ai déjà téléchargées. Et vous ?

— J'en ai eu un, moi aussi, révéla Clara. J'ai téléchargé une super appli de traduction, grâce à laquelle je compte bien faire mes devoirs d'allemand les doigts dans le nez.

Kate posa un regard dur sur sa cousine. Quel iPad ? Pour autant qu'elle le sache, Tante Lizzie n'avait pu acheter à Clara que des nouveaux jodhpurs. Elle s'apprêtait à trouver une excuse pour entraîner sa cousine à l'écart et lui demander des explications, quand Sina approcha d'un pas nonchalant.

— Salut, bébé, dit-il en passant un bras autour des épaules d'Elena, les yeux rivés sur Kate. Comment s'est passée l'Angleterre ? Ça a dû te faire bizarre de retourner là-bas.

Elena fronça les sourcils.

— Tu as reçu mon texto pour savoir si tu voulais aller au cinéma, ce soir ? Tu ne m'as pas répondu.

— Une minute, répliqua-t-il sans lâcher Kate du regard. J'ai envie d'entendre Kate raconter son voyage.

Contente de voir Elena bouillonner de rage, la jeune fille répondit :

— Ça m'aurait fait bizarre si j'étais rentrée chez moi, mais nous avons passé les vacances chez ma grand-mère. J'étais contente de revoir tout le monde, mais bien décidée à rentrer à la fin.

La cloche résonna dans la cour et les élèves se dirigèrent vers le bâtiment. D'un coup d'épaule, Elena se défit de l'étreinte de Sina, puis s'éloigna en compagnie de Julia et Clara, l'air renfrogné.

— Elle est en colère contre toi, dit Kate à Sina tandis qu'ils suivaient les autres d'un pas plus lent.

Le garçon haussa les épaules.

— Et sinon, quoi de neuf ?

Ses yeux pétillèrent.

— Tu n'as pas eu envie de rester en Angleterre ?

Kate secoua la tête.

— Rentrer n'a fait que confirmer que c'était ici chez moi, maintenant, avoua-t-elle.

Ils pénétrèrent dans le bâtiment et montèrent la volée de marches qui conduisait à leur classe. Avant qu'ils ne passent la porte, Kate ouvrit la pochette avant de son sac.

— Je t'ai rapporté ça.

Se sentant subitement intimidée, elle tendit au garçon un petit paquet enveloppé dans du papier de soie blanc. Sina le déballa, puis examina le porte-clés que Kate lui avait acheté lors de sa virée shopping à Londres. Ce n'était qu'un hologramme du pont de Londres qui ne lui avait pas coûté cher, mais le garçon semblait ravi.

— Ce n'est pas grand-chose, ajouta Kate rapidement.

Surtout comparé au collier qu'il lui avait offert, mais c'était pour la remercier d'avoir bien voulu se rendre au poste de police pour lui fournir un alibi.

— C'est super, affirma Sina. Peut-être qu'un jour, tu m'emmèneras à Londres et que tu me montreras ce pont en vrai.

Il la prit dans ses bras pour la remercier. Kate rougit, ne pouvant s'empêcher de faire un parallèle avec la discussion qu'elle avait eue avec Luis, après lui avoir offert son cadeau de Noël.

— Lâche-le, tu veux ? claqua la voix d'Elena.

— Oh, oh, chuchota Sina à l'oreille de Kate. Alerte, petite amie en colère.

Agacée, Kate s'écarta du garçon et croisa le regard noir d'Elena.

— Tu commences à sérieusement avoir l'air pitoyable, siffla cette dernière.

Les joues brûlantes, Kate passa la porte de la salle de classe en frôlant Elena au passage. Elle se laissa tomber sur la chaise placée à côté de Julia, qui la regardait d'un air amusé.

— Tu as dû battre un record mondial ; celui de faire piquer une crise de nerfs à Elena deux minutes trente après la sonnerie !

Sentant le regard des autres élèves braqués sur elle, Kate sortit son emploi du temps de son sac et se mit à l'étudier comme s'il s'agissait du document le plus important qu'elle avait jamais eu sous les yeux.

— Il faut vraiment être aussi décontracté que Sina pour supporter la jalousie maladive d'Elena, chuchota Julia alors que Señora Ruiz, leur professeur de mathématiques, entrait dans la salle.

Au lieu de s'asseoir pour faire l'appel, elle se posta devant le bureau et éleva la voix pour se faire entendre par-dessus le murmure des conversations.

— Pour ceux qui ne le savent pas encore, c'est moi qui serai votre professeur principale, ce semestre-ci. Je ne sais pas quelles étaient vos habitudes avant, mais j'espère ne plus voir personne dans la classe avant mon arrivée. Désormais, vous m'attendrez devant la porte en rang et en silence.

Elle alla s'installer au bureau, et les élèves reprirent leurs discussions en oubliant, petit à petit, de chuchoter. Agacée par le bruit, Señora Ruiz fit claquer son stylo contre sa table.

— Silence ! Je ne vous ai pas autorisés à parler.

Kate dévisagea son professeur, bouche bée. Était-elle sérieuse ? Non, sûrement pas. Aucun prof ne démarrait un nouveau trimestre d'aussi mauvais poil : c'était une règle tacite, après les vacances, les professeurs étaient agréables et détendus. Convaincue que Señora Ruiz plaisantait, Kate fit un large sourire. Au moment où elle caressait l'idée de déclencher une salve d'applaudissements, elle sentit sa professeur la percer du regard.

— Je ne sais pas ce qui vous rend aussi joyeuse, mademoiselle Sommers. Certainement pas votre dernier bulletin. J'attends que chacun de vous s'investisse à cent pour cent ce semestre-ci, les examens approchent à grands pas. Et dans votre cas, cela signifie qu'il vous faudra vous investir quatre-vingt-dix pour cent de fois plus – venez me voir après, si vous avez besoin d'aide en maths.

Alors que des ricanements s'élevaient dans la salle, Kate rougit pour la deuxième fois de la matinée. Elle se sentit blessée d'être si injustement pointée du doigt. N'avait-on plus le droit à une deuxième chance ? Elle lança un regard révolté à Julia pendant que Señora Ruiz ouvrait son ordinateur pour faire l'appel.

— Heureusement que tu n'as pas mis ton short, chuchota Julia. Vu son humeur, elle t'aurait probablement collée. Tu l'imagines en train de se tortiller pour entrer dans un vêtement aussi moulant ? Beurk !

Kate visualisa leur professeur qui essayait tant bien que mal de passer un short autour de sa large taille et se mit à pouffer de rire.

— Je suis contente de voir que la perspective de travailler davantage vous amuse, mademoiselle Sommers, dit Señora Ruiz calmement. Nous verrons si vous trouvez toujours cela aussi amusant après votre retenue, ce midi.

Le semestre n'a même pas vraiment commencé, et je suis déjà collée ! Kate ferma les yeux. Elle battait toutes sortes de records aujourd'hui, malheureusement aucun d'eux n'était à son avantage.

D'ordinaire, à la fin de la journée, lorsqu'elle rentrait du lycée et empruntait le chemin des écuries, Kate était d'humeur joyeuse. Or ce jour-ci, elle avait bien de la peine à esquisser un sourire, même devant les hennissements que lui adressa Coco dès qu'il la vit.

— J'ai vraiment passé une sale journée, confia-t-elle au poney.

En plus de la retenue dont elle avait écopé pendant la pause déjeuner, elle avait été envoyée dans la classe du niveau d'en dessous en maths, puis, alors qu'elle avait espéré confier ses mésaventures à sa cousine dans le bus, elle avait appris que Clara était allée passer la fin d'après-midi chez une amie.

— Ce qui me donne deux fois plus de travail aux écuries, maugréa-t-elle. J'imagine qu'on ne t'a jamais appris à décrotter ton box quand tu étais au cirque, pas vrai ?

Coco frôla la joue de Kate du bout de son nez, lui arrachant un sourire.

— C'était un bisou, ça ?

Immédiatement, le poney frotta de nouveau le bout de son nez contre sa joue.

— Oh, ouah !

La mauvaise humeur de Kate se dissipa.

— Coco, ordonna-t-elle en tendant le cou, bisous.

Le poney pie secoua la tête de haut en bas, et le bout de son nez rebondit contre les lèvres de la jeune fille. Kate applaudit.

— Ce que tu es intelligent, mon beau !

— Kate !

La voix de Lizzie ramena sa nièce à la réalité.

— Est-ce que je vais devoir tout faire toute seule pendant que tu joues avec Coco ? Ce n'est pas l'unique poney du ranch, tu sais.

Kate se retourna promptement et eut juste le temps de voir sa tante disparaître dans le box de Sanchez.

— Oui, répondit-elle sèchement. Je vais préparer les rations de nourriture.

Elle traversa la cour d'un pas décidé, pénétra dans l'écurie, attrapa des seaux et les disposa sur le sol à grand bruit.

— Le plaisir de me retrouver était de courte durée.

Lizzie la rejoignit.

— Kate, ma puce, je suis désolée, s'excusa-t-elle. Je suis d'une humeur massacrante, je n'aurais pas dû me défouler sur toi.

La jeune fille prit une profonde inspiration pour se calmer.

— Ce n'est pas grave, je ne suis pas au meilleur de ma forme, non plus. C'est la fuite à la citerne qui t'inquiète ?

Sa tante grimaça.

— Oui, et le fait que chaque jour qui passe sans pluie, il me faut trouver de l'argent pour acheter de l'eau. Je ne m'étais jamais rendu compte que les chevaux buvaient autant avant que je ne voie chaque goutte comme une facture supplémentaire.

Elle s'assit sur une botte de paille et tapota la place libre à côté d'elle pour que sa nièce l'y rejoigne.

— Et toi, dis-moi ce qui ne va pas, si ce n'est d'avoir une tante incroyablement grincheuse.

Oh, oh, s'affola Kate, *moi et ma grande bouche.*

— Oh, pas grand-chose, en fait. Tu sais, retourner à l'école suffit à mettre n'importe qui de mauvaise humeur.

— Kate, insista sa tante, que s'est-il passé ?

La jeune fille soupira, se préparant à être privée de sortie à vie.

— Je me suis fait coller, aujourd'hui, avoua-t-elle du bout des lèvres.

— Oh, Kate, lâcha Lizzie en cachant son visage entre ses mains. Si c'était quelqu'un d'autre qui me disait ça, je ne le croirais pas, mais puisque c'est toi, même si cela paraît improbable, ça ne peut être que vrai.

Kate se mordit la lèvre.

— Je suis vraiment nulle, dit-elle en retenant les larmes qui lui montaient aux yeux. Je mérite vraiment d'être privée de sortie. Dès que j'aurai fini de m'occuper des chevaux, j'irai dans ma chambre.

Sa tante posa son regard sur elle.

— Tu ferais peut-être mieux de m'expliquer pourquoi tu t'es fait coller, et je déciderai ensuite si te priver de sortie est une punition appropriée.

Kate lui raconta ce qui s'était passé, y compris la crise d'Elena, espérant ainsi que sa tante éprouve un peu de compassion pour elle.

— Donc, même quand je fais quelque chose de gentil, comme offrir un porte-clés à Sina, tout ce que j'y gagne, c'est qu'une folle me crie dessus, conclut-elle en reniflant.

Lizzie esquissa un sourire.

— C'est la deuxième fois en deux jours que tu te fais réprimander pour ta générosité, déclara-t-elle. Même si j'espère que tu ne me considères pas, moi aussi, comme une folle.

Compassion évidente. Kate se sentit ragaillardie.

— Tu ne pourrais pas être plus différente d'Elena, répondit-elle avec sincérité. Tu es géniale, je ne pourrais pas espérer trouver meilleure tante. Tu as toujours été ma préférée, même quand j'étais petite.

— Je vois le tableau, s'esclaffa Lizzie. Peux-tu me promettre, s'il te plaît, que tu finiras la semaine sans récolter d'autres retenues ? Au-delà de ma préoccupation à ton sujet, je n'ai pas envie d'être re-convoquée dans le bureau de ta principale. Ça me donne l'impression de redevenir une élève dissipée.

— De redevenir ? répéta Kate aussitôt.

Sa tante se releva à la hâte et se mit à retirer minutieusement les brins de paille accrochés sur son pantalon.

— Oublions ce qui s'est passé aujourd'hui pour reprendre d'un meilleur pied la journée de demain. Et maintenant, si on finissait de s'occuper des écuries, avant d'aller donner un nouveau cours à Coco ?

— Ça me va parfaitement.

Kate n'était pas dupe de la diversion créée par sa tante, mais elle s'y laissa prendre avec joie. Elle passa l'heure suivante à nettoyer les boxes, préparer les rations et sortir les chevaux, à l'exception de Coco, qui parut surpris de se voir attaché dans la cour, tandis que ses compagnons étaient menés au paddock.

Kate s'approcha de lui, son bridon à la main.

— Ouvre, lui dit-elle en frottant le mors contre sa bouche.

Elle était persuadée qu'en lui donnant cet ordre chaque fois qu'elle le bridait, il apprendrait vite à ouvrir la bouche dès qu'il entendrait ce mot. Au bout d'un moment, Coco accepta le mors, et la jeune fille le félicita avant de finir de le harnacher. Elle le mena ensuite à la carrière, où Lizzie les attendait.

Sa tante l'aida à monter en selle, puis attendit que Kate détende sa monture avant de prendre la parole :

— L'une des leçons les plus importantes dans l'éducation d'un cheval est d'apprendre à écouter les jambes du cavalier. Et l'une des leçons les plus importantes dans la formation d'un cavalier est d'apprendre à se servir de ses jambes ! Aujourd'hui, nous allons enseigner à Coco à s'écarter, calmement, de tes jambes. Il existe toutes sortes d'exercices pour l'aider à y parvenir et j'ai choisi, pour commencer, de travailler sur une spirale.

— Une quoi ?

Kate raccourcit ses rênes en douceur pour ne pas effrayer Coco.

— Je veux que tu fasses un grand cercle dont tu diminueras petit à petit la circonférence en te servant de ta jambe extérieure. Coco s'éloignera naturellement de la pression exercée contre son flanc.

La jeune cavalière eut l'air peu convaincue.

— Je ne l'ai même pas fait trotter encore. Je ne vois pas comment je pourrais lui faire faire des figures.

— Bon, premièrement, si tu ne le crois pas capable de réaliser un tel exercice, comment veux-tu qu'il y parvienne ? l'encouragea Lizzie. Ce n'est pas un maître d'école comme Nando, qui peut deviner tes intentions et réagir correctement malgré toi. Coco est un grand débutant, il a besoin que tu le montes avec assurance, sinon il s'affolera. Cet exercice est particulièrement bien adapté à un poney comme lui, qui commence à peine son entraînement. Il l'obligera à centrer son attention puisqu'il ne pourra évoluer que dans un espace réduit. Deuxièmement, si je te demande d'effectuer une spirale, c'est parce qu'il n'est jamais trop tôt pour faire travailler sa souplesse à un cheval. Cette figure va le forcer à tendre sa ligne du dessus et l'aider à développer une bonne incurvation. Je ne pense pas que nous en demandons trop à Coco, à qui on a déjà appris à s'écarter de la pression exercée sur ses flancs lorsqu'il était au cirque.

Kate s'élança sur la piste. Elle fit légèrement basculer son poids sur la fesse intérieure de sa monture, dont elle pressait le flanc de sa jambe extérieure.

— Oh, ouah ! Il y arrive ! se réjouit-elle en voyant se réduire le cercle qu'elle décrivait.

— C'est bien, la félicita Lizzie. Veille toutefois à garder tes épaules alignées à celles de Coco. J'aimerais maintenant que tu utilises ta jambe intérieure pour qu'il s'écarte progressivement vers l'extérieur et que vous finissiez par décrire un cercle aussi large qu'au début.

Le poney s'écarta calmement de la pression exercée par la jambe de Kate et, petit à petit, le cercle s'agrandit jusqu'à rejoindre la piste extérieure.

— Bravo, mon beau !

La cavalière se pencha pour caresser l'encolure de Coco.

— Ne perds pas le contact avec ta monture, l'avertit Lizzie. Il a perdu son énergie, remets-le en avant.

Kate se rassit correctement et referma ses jambes. Coco lui répondit en allongeant sa foulée.

— Il est temps d'essayer ce trot, suggéra Lizzie. Dès que tu es prête, raccourcis tes rênes et sers-toi de tes jambes.

La cavalière attendit d'avoir tourné à l'angle de la carrière avant de presser ses jambes contre les flancs de sa monture. Le poney, cependant, ne fit qu'avancer d'un pas un peu plus rapide. Kate desserra les jambes et donna un petit coup de talons à Coco. Le hongre s'élança dans un trot déséquilibré et irrégulier.

— Ramène-le au pas, s'écria Lizzie, et enfonce-toi bien dans la selle. Tu t'es penchée en avant quand tu l'as talonné.

La jeune fille ramena sa monture au pas et, cette fois-ci, lorsqu'elle resserra ses jambes autour de ses flancs, Coco se mit à trotter plus vite.

— Maintiens la pression de tes jambes et contrôle sa vitesse à l'aide de tes mains, lui dicta Lizzie. Comment tu le trouves ?

— Merveilleux ! répondit Kate, un large sourire accroché au visage. C'est génial de savoir que je suis la première à lui faire faire ça !

— C'est exactement ce que j'ai ressenti chaque fois que j'ai débourré un jeune cheval, confirma Lizzie.

— On ne pourrait pas lui faire passer quelques barres au sol ? demanda Kate. Il apprend tellement vite.

— Non, pas encore, s'esclaffa sa tante. Ramène-le au pas, maintenant.

Elle traversa la carrière et posa la main sur l'encolure du poney.

— Dresser un cheval est un travail de patience, il faut jouer le jeu jusqu'au bout et attendre qu'il ait intégré chaque allure avant d'aller plus loin. S'il est vrai que Coco apprend vite, nous ne devons néanmoins pas le bousculer. Il doit apprécier ses cours de dressage et non se sentir submergé par eux. Maintenant, laisse-le marcher aux longues rênes pour qu'il s'étire.

Kate fit glisser les lanières de cuir entre ses doigts pour les tenir par la boucle.

— Tu as bien travaillé, aujourd'hui, la complimenta sa tante. Tu as su rester calme, ce qui l'a grandement aidé.

La jeune fille ramena Coco dans la cour, le cœur chaud. Elle toiletta le poney à l'éponge et, lorsqu'il fut rafraîchi, lui apporta une ration de foin.

— Bisous, dit-elle alors.

Coco leva la tête, et la jeune fille planta un baiser sur sa joue. Le poney plongea le bout de son nez dans le seau de nourriture et poussa un soupir de bien-être.

Kate ressortit du box et aperçut le camion de Rafael garé devant les écuries. Luis chargea une bouteille de gaz à l'arrière du véhicule, puis appela la jeune fille.

— On va réparer la citerne. Tu veux venir ?

— Et comment ! répondit-elle.

Rafael démarra le camion, tandis que Kate se faufilait derrière lui.

— J'espère revoir le loup, révéla-t-elle.

— Le loup, j'ai bien entendu ? demanda Luis en prenant place à ses côtés.

Kate acquiesça, puis éleva la voix pour se faire entendre par-dessus le bruit du camion qui cahotait sur le chemin inégal de la forêt.

— Quand Lizzie et moi sommes allées à la citerne, la dernière fois, nous avons aperçu un énorme loup blanc. Il était magnifique !

— Ça fait des années qu'on n'a pas repéré de loups dans les parages. Tu l'as bien vu ? l'interrogea Rafael.

— Oui, affirma Kate. Enfin, les parties de son corps qui n'étaient pas cachées par les buissons.

— Donc tu ne l'as pas bien vu, conclut Luis.

— Si un loup traîne dans les parages, il ne fera pas long feu. Les fermiers l'abattront, comme le précédent, commenta Rafael.

Il changea de vitesse pour permettre au camion de franchir une côte raide.

— Ils ont fait quoi ? demanda la jeune fille, stupéfaite.

Elle tourna la tête vers le profil buriné de Rafael.

— Vous n'êtes pas sérieux ?

— C'est ainsi, répondit l'homme en haussant les épaules. La vie d'un loup contre celles de plusieurs moutons. La nature peut être cruelle parfois.

— Ce n'est pas la nature, ce sont des hommes armés de fusils ! se récria Kate.

Rafael haussa les épaules.

— Promets-moi juste une chose, dit-il sans quitter la route des yeux. Promets-moi de ne pas essayer de voler au secours de ce loup et de le ramener au ranch.

Luis se mit à glousser, et Kate lui asséna un léger coup de coude dans les côtes.

— Vous me faites passer pour une espèce de défenseur des droits des animaux, tout ça parce que je crois que chaque créature mérite qu'on la respecte, se défendit la jeune fille.

— Tu as raison, tant que tu gardes en tête tout le bétail qu'un loup errant pourrait tuer, lui fit remarquer Luis. Les moutons et les vaches ont des droits, eux aussi.

Kate se mit à scruter le paysage à travers le parebrise, espérant voir apparaître le loup. Elle défia Luis et Rafael de faire ne serait-ce qu'un seul commentaire négatif, une fois qu'ils auraient rencontré le bel animal.

Le camion s'engagea sur une route à lacets et gravit une piste rocailleuse. Ils arrivèrent à la citerne par le côté opposé du chemin qu'avaient emprunté Kate et Lizzie à cheval.

Ils déchargèrent le matériel à souder et, pendant que Rafael l'installait, Luis demanda à Kate de lui montrer la fêlure.

— Il va falloir que je vérifie si l'intérieur du réservoir est bien propre et sec avant que nous nous attaquions à la soudure.

La jeune fille lui indiqua l'endroit depuis l'extérieur, puis le regarda monter le long de la citerne. Quand il fut au sommet, elle lui tendit une pelle et une brosse, qu'il jeta dedans.

— Tu viens m'aider ? cria-t-il par-dessus son épaule.

— Tu rigoles ! J'ai déjà fait le plus gros en trouvant la fêlure !

Kate les abandonna à leur travail et s'éloigna en direction de l'orée de la forêt. Son cœur se mit à battre la chamade. Elle était à présent sur le territoire du loup. Elle pénétrait peut-être même dans son repaire ! Plus elle approchait de la limite des arbres, plus elle tremblait, mais sa curiosité et son envie de voir l'animal étaient plus fortes que sa peur. De plus, elle ne pensait pas qu'un loup solitaire l'attaquerait, s'il sentait qu'elle n'était pas une menace. Kate se mit à chantonner tout doucement avant de murmurer :

— Ce n'est rien, mon beau, j'aimerais juste savoir où tu es et si tu vas bien.

Si la rivière était asséchée, comment s'abreuvait-il ?

La jeune fille s'enfonça plus profondément entre les arbres, mais fut contrainte de s'arrêter à un endroit où les troncs poussaient si près les uns des autres qu'elle ne pouvait plus que difficilement se faufiler entre eux. Elle revint sur ses pas et, au moment où elle atteignait le chemin principal, un détail attira son regard sur le côté. Elle tourna la tête et découvrit une petite touffe de poils blancs accrochée à l'écorce rugueuse d'un arbre. Elle se baissa et fit glisser ses doigts dans la fourrure.

— Kate ! appela Luis dans son dos.

Kate regarda par-dessus son épaule et vit le garçon qui approchait.

— Chut, siffla-t-elle. Le loup est passé par là !

Luis s'accroupit à ses côtés et examina la fourrure.

— Je ne sais pas depuis combien de temps c'est là, mais à mon avis, on ferait bien de partir.

Kate secoua la tête d'un air désapprobateur.

— Je veux voir le loup, s'obstina-t-elle. Je veux m'assurer qu'il va bien.

Elle aperçut alors un étroit chemin, qui dévalait la colline et courait le long de la piste principale. Sans dire un mot à Luis, elle s'engagea dans la pente.

— Kate ! cria le garçon.

Mais elle ne s'arrêta pas et continua à descendre le sentier tortueux.

Luis finit par la rattraper. Il lui saisit le bras.

— Assez ! dit-il. La forêt s'étend sur des kilomètres. Le loup peut être n'importe où.

Kate poussa un soupir.

— Je voulais juste voir…

Ses yeux s'écarquillèrent, et elle agrippa le bras de Luis. Un canyon, plus petit que celui qui abritait la citerne d'eau, s'ouvrait en contrebas. En son centre, le pelage scintillant au soleil, telle une créature venue d'un autre monde, se trouvait le loup.

Chapitre 5

Kate plissa les yeux.

— Ce n'est pas un loup !

— Non, chuchota Luis. C'est un chien, un dogue argentin, et nous ferions mieux de ne pas nous attarder ici.

Kate ne parvenait pas à détacher les yeux de l'imposant animal musclé, qui la fixait de son regard jaune et perçant.

— Qu'est-ce qu'il fait là ? Pourquoi n'a-t-il pas de collier ? C'est vraiment irresponsable de la part de ses maîtres.

Le chien se mit à grogner longuement, et Luis resserra son étreinte autour du bras de Kate.

— Avant que tu ne suggères de jouer à la balle avec lui, mieux vaut que tu saches qu'il est certainement sauvage et prêt à attaquer. Alors tu vas reculer en même temps que moi et le plus lentement possible.

Les deux jeunes gens revinrent petit à petit sur leurs pas jusqu'à ce que le ravin disparaisse derrière les arbres.

— C'est bon, chuchota-t-elle. Il ne nous a pas suivis.

Ils regagnèrent le chemin principal de la forêt, puis l'entrée du canyon qui abritait la citerne.

Sous une pluie d'étincelles, Rafael finit de ressouder la fêlure, puis s'écarta du réservoir.

— Voilà, dit-il en soulevant la visière de son casque de protection.

Il regarda tour à tour Luis et Kate, avec curiosité.

— Où étiez-vous tous les deux ?

— Nous avons trouvé le loup de Kate, répondit Luis. Sauf que ce n'est pas un loup. C'est un dogue argentin.

Les yeux de Rafael s'étrécirent.

— Luis, aide-moi à charger les outils. Kate, monte dans le camion, ordonna-t-il.

— Mais… se défendit-elle.

Rafael leva la main.

— Il n'y a pas de mais. Monte !

Sans comprendre la réaction de l'homme, la jeune fille s'exécuta.

— Je ne vois pas où est le problème, grommela-t-elle quand Luis et Rafael grimpèrent dans le camion. Ce n'est qu'un chien, on ne peut pas le laisser là, il a besoin d'eau et de nourriture. On pouvait compter toutes ses côtes.

— Porter des chiots lui a sûrement laissé des traces, déclara Luis.

L'espace d'un instant, Kate imagina la chienne se balader dans la forêt, un panier plein de chiots agités entre les dents. Puis la remarque de Luis percuta son cerveau.

— Elle attend des petits ? demanda-t-elle, abasourdie.

Luis acquiesça.

— C'est pour ça que je voulais t'éloigner de là-bas au plus vite. Elle va défendre son territoire encore plus que d'habitude, comme elle est sur le point de mettre bas.

— Je me demande combien elle va avoir de bébés, s'enthousiasma Kate, la voix haut perchée.

Elle avait toujours désiré un chien, mais n'avait jamais eu la permission d'en avoir un quand elle vivait à Londres. Tante Lizzie avait tout l'espace nécessaire pour accueillir une chienne et ses chiots. Kate imagina qu'elle avait en elle le don de communiquer avec les chiens. Elle pourrait en un rien de temps apprivoiser l'animal sauvage, qui finirait par manger dans le creux de sa main. Une fois les chiots nés, eux aussi l'adoreraient. Partout où elle irait, ses chiens la suivraient et, quand elle serait au lycée, ils passeraient la journée couchés sur la véranda, les yeux rivés sur l'allée du ranch, à attendre son retour avec impatience.

— Je ne savais pas qu'il y avait des chiens sauvages en Argentine, dit-elle. Je suppose que c'est comme en Écosse, où on trouve des chats sauvages. Combien de temps croyez-vous qu'il faudrait pour l'apprivoiser ?

Rafael grogna.

— Un dogue domestiqué est déjà un chien difficile à maîtriser. Essayer d'en adopter un sauvage serait du suicide.

— Les chiens sauvages en Argentine ne le sont pas par nature, ajouta Luis. Tous ceux qui vivent à l'état sauvage ont été abandonnés.

— Et si un maître abandonne son chien, c'est soit parce qu'il n'a plus les moyens de s'en occuper, soit parce qu'il n'arrive pas à le contrôler, poursuivit Rafael.

Il tourna la clé du camion et le moteur vrombit.

— Tu dois laisser cette chienne tranquille, Kate.

Luis posa les mains sur celles de sa petite amie.

— Le dogue n'a peur de rien, c'est une race de prédateur. Nous avons eu de la chance de nous échapper ainsi.

— Prédateur, songea Kate. Ce nom lui irait bien.

— Ce n'est pas un nom, c'est une description, répliqua Luis d'un ton exaspéré. Tu n'as donc rien écouté de ce qu'on t'a dit ?

Rafael hocha la tête.

— Dingo, lâcha-t-il à l'intention de la jeune fille.

— Non, je n'aime pas Dingo, répondit-elle, mais que diriez-vous de Luna ? Ça irait parfaitement avec son pelage qui a la couleur de la lune.

Le camion buta soudain contre une ornière creusée dans le sol et Kate, surprise par la secousse, s'interrompit un instant.

— Il faut que nous lui apportions de l'eau, reprit-elle, et de la viande. Elle doit mourir de faim, la pauvre.

— Cette chienne peut très bien se débrouiller toute seule, la contredit Luis en agitant l'index. Même si elle n'était pas grosse, elle avait l'air en parfaite santé. Elle sait où trouver à manger, à boire et s'abriter de la chaleur. Cet animal n'a pas besoin qu'on vienne à sa rescousse.

— Elle ne se fera pas tuer ? demanda-t-elle, soudain inquiète au souvenir des paroles qu'avaient prononcées Rafael à l'aller.

— Non, répondit-il, à moins qu'elle s'aventure au bas de la montagne. Et la seule raison qui la pousserait à agir ainsi serait qu'une idiote lui ait fait croire qu'elle la nourrirait.

Il se pencha en avant et alluma la radio.

— Assez parlé ! Le vieil homme que je suis commence à avoir mal à la tête, et ce n'est pas à cause de la chaleur.

Dès que le camion se gara dans l'arrière-cour du ranch, Kate se précipita dehors et partit à la recherche de Lizzie pour lui annoncer que l'animal qu'elles avaient vu n'était pas un loup, mais une chienne sauvage. Elle trouva Clara qui, penchée par-dessus la barrière du paddock, caressait Espoir.

— Hé, tu es rentrée ! se réjouit Kate.

En entendant sa voix, la pouliche bondit à environ un mètre au-dessus du sol. Elle atterrit sur ses sabots, rua, puis trotta jusqu'à Kate et donna de petits coups de tête contre son épaule.

— D'accord, je suis à toi ! concéda la jeune fille, le sourire aux lèvres.

Elle tendit le bras et lui caressa l'encolure. Espoir avait perdu son duvet de bébé, et sa robe était à présent aussi lisse et brillante que celle de Neema. Elle ferma les paupières et se laissa câliner avec un plaisir évident. Kate tourna les yeux vers sa cousine, qui fixait d'un air renfrogné l'autre extrémité du paddock.

— Qu'est-ce qu'il y a ?

— Rien, marmonna Clara.

Kate ne pouvait lui en vouloir de ne pas se montrer plus enjouée – le premier jour d'école après les vacances avait tendance à faire cet effet à beaucoup.

— Tu ne devineras jamais ce que Luis et moi avons vu en allant à la citerne, dit-elle, espérant ainsi tirer sa cousine de sa mauvaise humeur.

Clara haussa les sourcils.

— Un éléphant rose ?

— Un dogue argentin ! révéla Kate, préférant ignorer le ton sarcastique de sa cousine. Je croyais qu'il y avait un loup dans les montagnes, mais en fait c'est une chienne sauvage !

Clara se pinça le nez et soupira.

— Ah oui.

Elle n'avait pas du tout l'air intéressée.

Kate se souvint soudain qu'elle avait quelque chose à lui demander.

— Pourquoi as-tu dit que tu avais eu un iPad à Noël ? Je ne l'ai pas vu.

— C'est parce qu'il n'est pas ici, répondit Clara promptement. Il est chez papa, au ranch des Kirby. C'est lui qui me l'a offert, et j'ai préféré le laisser là-bas pour que maman ne culpabilise pas de ne pas avoir pu m'offrir grand-chose.

Elle fit la moue avant d'ajouter :

— Mais peut-être que bientôt, tout va s'arranger, maintenant qu'elle s'est trouvé un mec riche.

Des éclats de rire leur parvinrent depuis la véranda. Kate jeta un coup d'œil par-dessus son épaule et aperçut Lizzie et Antonio attablés autour d'une bouteille de vin.

Elle cessa de caresser Espoir, qui s'ébroua avant de se mettre à tourner en rond. La pouliche finit par s'éloigner au trot et alla rejoindre le reste du troupeau autour de la mangeoire à foin. Elle s'amusa à donner de petits coups de tête contre le flanc de Neema. La jument, qui commençait petit à petit à perdre patience face à l'entrain de sa fille, plaqua les oreilles en arrière. Espoir poussa un hennissement aigu, puis se mit à galoper autour de Cohete. Le poney lui répondit en se cabrant à moitié, incitant la pouliche à faire brusquement demi-tour et à partir comme une fusée. Cohete la suivit au galop à travers le paddock, sa longue queue grise flottant derrière lui telle une bannière.

— Les filles ! appela Lizzie. Le dîner est prêt.

— Viens, dit Kate à Clara en feignant de ne pas voir sa mine renfrognée. Je meurs de faim.

Sans attendre sa cousine, elle s'éloigna en direction de la maison. L'arôme de poisson grillé lui chatouilla les narines, et son estomac gronda.

— On a préparé des sardines, lui apprit Lizzie. C'est Antonio qui les a apportées.

Kate se lava les mains en essayant d'utiliser le moins d'eau possible de la bouteille mise de côté à cet effet, puis rejoignit sa tante et le vétérinaire à table. Du coin de l'œil, elle vit Clara qui approchait à pas lents. *Elle ne se montrerait pas plus réticente si elle devait passer la tête dans la corde d'une potence au lieu de venir manger avec nous,* pensa Kate. Sa cousine prit tout son temps pour se laver les mains et s'assit enfin.

— Ça va être froid, lui fit remarquer sa mère d'un ton impatient.

— Je n'ai pas très faim de toute façon, répondit Clara. Je vais juste prendre de la salade.

Tenant à dissimuler le refus de sa cousine de goûter aux sardines d'Antonio, Kate se mit à parler de la chienne sauvage qu'elle avait vue dans les montagnes.

— Et tu dis qu'elle est sur le point de mettre bas ? s'enquit Antonio.

Quelqu'un, enfin, semblait partager son intérêt pour l'animal. La jeune fille acquiesça.

— Son ventre est enflé, mais le reste de son corps est vraiment maigre.

— Alors comme ça, notre loup blanc est une chienne, intervint Lizzie.

Kate, qui ne parvenait pas à se souvenir de la race qu'avait reconnue Luis, se lança dans une description de l'animal :

— Elle a la truffe noire et sa tête et son poitrail sont énormes ; oh, et elle a de grandes oreilles pointues, aussi.

Elle dressa les mains sur les côtés de sa tête pour l'imiter.

— Ça m'a tout l'air d'un dogue argentin, en déduisit le vétérinaire.

Kate claqua des doigts.

— Oui, c'est ça ! Sont-ils aussi féroces que l'affirme Rafael ?

Antonio porta une fourchette de riz à sa bouche avant de répondre.

— Tous les chiens, quelle que soit leur race, peuvent être féroces s'ils n'ont pas de bon maître. Je ne crois pas qu'il existe de mauvais chiens, mais de mauvais maîtres, ça, j'en ai déjà croisé un certain nombre.

— Le maître de Luna devait vraiment être cruel pour l'avoir abandonnée ainsi, s'indigna Kate.

— Luna ? répéta Clara en sortant enfin de son mutisme. Tu as donné un nom à cette bête ?

— C'est une chienne, répliqua Kate, agacée. Pas une bête.

Elle se tourna vers Antonio.

— Croyez-vous qu'elle ait assez à manger et à boire ?

Les yeux noirs du vétérinaire reflétaient son sérieux.

— J'en suis sûr. Il y a plein de petits gibiers dans les montagnes, et elle saura se débrouiller pour trouver le peu d'eau nécessaire, même si le ruisseau est asséché.

— Ça me rassure.

Kate prit une bouchée de poisson.

— Mmm, c'est très bon.

— Antonio nous a aussi offert du shampoing sec, annonça Lizzie en souriant à l'homme. On passera moins de temps sous la douche dehors, comme ça.

— Ce n'est pas grand-chose, répondit promptement Antonio. Mais comme vous n'avez pas pu profiter de ma douche hier soir, je me suis dit que le moins que je pouvais faire était de vous apporter ce shampoing. On se sert beaucoup de shampoing sec sur les animaux à la clinique, c'est comme ça que l'idée m'est venue. Mais celui-ci est pour les humains, ajouta-t-il à la hâte.

— Nous en sommes à un tel point qu'on accepterait n'importe quoi, je crois, avoua Lizzie. Il faut tellement d'eau pour se laver les cheveux que j'étais sur le point de suggérer de porter un foulard sur la tête, à la place !

Kate regarda ostensiblement sa cousine pour l'inciter à remercier Antonio. Or Clara gardait les yeux rivés sur sa fourchette, occupée à déplacer les feuilles de laitue d'un côté à l'autre de son assiette. Évitant de se laisser irriter par l'attitude de sa cousine, Kate plaisanta :

— Par pitié, ne me dites pas que nous commençons à sentir comme les animaux que vous soignez à la clinique.

Antonio rit et les légères rides, qui se dessinaient au coin de ses yeux, se creusèrent.

— En ce qui me concerne, je ne vais pas avoir besoin de shampoing sec, lâcha abruptement Clara. *Mon père* m'a proposé d'aller m'installer chez lui, le temps que nous ayons à nouveau de l'eau.

— Ah bon ? s'étonna Lizzie.

Elle posa sa fourchette et regarda sa fille droit dans les yeux. Un muscle tressauta le long de sa mâchoire.

— Tu ne m'en avais pas parlé jusqu'ici. Et de toute façon, le camion-citerne vient nous livrer demain, donc nous n'en avons plus pour très longtemps.

— Tu peux aussi utiliser le shampoing sec comme savon, si tu n'as pas envie de prendre une douche dehors, suggéra Antonio d'un ton léger.

Pour la première fois depuis qu'elle était assise, Clara posa les yeux sur le vétérinaire.

— Jamais de la vie. Je n'oserais même pas me servir de ce truc pour mes cheveux. Ça ne peut pas aussi bien laver qu'une vraie douche.

L'insolence de sa cousine coupa le souffle à Kate. Était-ce la même Clara qui se souciait assez de sa mère pour lui avoir caché l'iPad ?

— Clara, fit Lizzie, les sourcils froncés.

La jeune fille se leva de table.

— J'ai des devoirs à faire.

Sans un mot de plus, elle disparut à l'intérieur de la maison.

Sa mère soupira et se massa les tempes du bout des doigts.

— Je suis désolée, Antonio.

Le vétérinaire attrapa les mains de Lizzie et les posa sur la table.

— Tu n'as pas à t'excuser. Ne t'inquiète pas, c'est dur pour elle. Laisse-lui le temps qu'il faudra.

Il lâcha une de ses mains et replaça une mèche de cheveux derrière l'oreille de Lizzie.

Bah ! Pas devant les enfants. Kate s'empressa de se lever.

— Je crois que j'ai des devoirs, moi aussi, annonça-t-elle à la hâte. Merci pour le dîner, Tante Lizzie. À bientôt, Antonio.

Elle comprit soudain que si l'idylle naissante entre sa tante et le vétérinaire la mettait mal à l'aise, ce devait être des millions de fois pire pour Clara.

Supposant que sa cousine était allée se réfugier dans sa chambre, Kate monta à l'étage et frappa à sa porte.

— Je peux entrer ?

Elle entrouvrit la porte. Clara était étendue sur son lit, les yeux fixés au plafond.

— Est-ce que ça va ? demanda Kate.

Comme elle ne répondait pas, Kate poursuivit.

— Je comprends que tu aies du mal à accepter la situation entre ta mère et Antonio, mais je ne pense pas que tu devrais t'en prendre ainsi à eux. Tante Lizzie mérite d'être heureuse et Antonio est un type génial.

Elle ne put s'empêcher de songer que si l'histoire entre sa tante et Antonio devenait vraiment sérieuse, ils auraient un vétérinaire gratuit au ranch, mais ce n'était peut-être pas le moment d'en toucher un mot à Clara.

Sa cousine se tourna sur le côté, les yeux noirs de colère.

— Je m'en fiche, il pourrait bien être le pape, le dalaï-lama et Desmond Tutu à la fois, que ça ne changerait rien. Je ne veux pas le voir ici.

— S'il était le pape, le delaï-lama et Desmond Tutu, je ne pense pas que ce serait son truc de sortir avec ta mère, objecta Kate.

— Dalaï-lama, cria presque Clara. Pas delaï. Ce que tu peux être bête parfois.

Kate cligna des yeux, abasourdie.

— Ouais, finit-elle par répondre en rassemblant toute sa dignité, je mélange peut-être parfois les mots, mais moi, au moins, je ne piétine pas les sentiments des autres.

— Tu ne sais rien de rien, répliqua Clara sèchement. Tu n'étais pas là à Noël, quand papa nous a invitées chez les Kirby et que maman s'est désistée à la dernière minute, parce qu'Antonio l'a invitée à aller passer la soirée dans un camp de cow-boys.

— Quoi ? fit Kate, la voix haut perchée.

— Je sais, oui. Comment a-t-il pu oser se mêler ainsi de nos projets ?

— Je t'en supplie, dis-moi que tu es allée au campement de cow-boys. Oh, bon sang, ça a dû être génial.

Clara la dévisagea comme si elle était une extraterrestre débarquée de la planète Paumé.

— Tu ne comprends rien, vraiment ? Non, nous n'y sommes pas allées. Même maman a réalisé que c'était complètement irréaliste de me priver de papa pour Noël, mais elle a tout de même fait éclater notre famille. Antonio et elle sont partis quelques jours sur la péninsule Valdés pour aller voir les baleines, alors qu'elle était censée passer du temps avec moi chez papa.

— Tu n'as jamais pris le temps de réfléchir à l'étrangeté de la situation pour elle ? répondit Kate en sentant la colère monter en elle. Honnêtement, Clara, tu ne pourrais pas, pour une fois, arrêter de t'apitoyer sur ton sort et te mettre à la place de ta mère ?

Avant que sa cousine n'ait le temps de répondre, Kate sortit de la chambre, dévala bruyamment les escaliers et gagna le bureau pour mettre à jour le blog du refuge. En écrivant du point de vue de Manouche, elle se focaliserait sur les émotions des chevaux et oublierait, un temps, les ondes négatives que les hommes pouvaient en ce moment déverser sur elle. Ses doigts se mirent à voleter au-dessus du clavier de l'ordinateur.

Bonne année !

Je suis heureuse de vous apprendre que l'une de mes humaines préférées est rentrée d'Angleterre et qu'elle nous a déjà tous gâtés : elle nous a offert plein de morceaux de pommes et de carottes. C'est bon de la revoir parmi nous.

Espoir continue de grandir et, comme elle n'est plus un bébé, il va falloir qu'on commence à lui apprendre les bonnes manières, même si ce n'est pas toujours facile : elle est tellement mignonne – mais, chut ! Je ne voudrais surtout pas qu'elle le sache – surtout quand elle prend sa longe entre ses dents quand on la mène au paddock. Quelqu'un va devoir lui expliquer que ce n'est pas une tétine !

Passons aux nouvelles plus sérieuses : notre réserve d'eau s'est asséchée, et nous sommes obligés de boire l'eau de la piscine. Ce qui ne signifie pas que nous avons le droit de faire la java autour du bassin et que nous plongeons dedans des pailles extra-longues (un double, s'il vous plaît, avec des glaçons et un petit parasol en papier !). En fait, ce sont nos seaux que l'on remplit d'eau de piscine, à défaut de pouvoir utiliser celle de notre citerne, qui se trouve dans les montagnes. Hutch, qui me plaît chaque jour un peu plus, a fait preuve d'un tel héroïsme : il a réussi à tirer sa charrette, qui était chargée de bidons contenant des tonnes d'eau, de la piscine à la cour. Pff, il est tellement canon !

Kate se déconnecta du site et rêva qu'une poignée de morceaux de pommes et de carottes puisse avoir le même effet sur l'humeur des hommes que sur celle des chevaux. Si tel était le cas, elle courrait en préparer un seau pour Clara.

Chapitre 6

Le samedi matin suivant, dès qu'elle se réveilla, Kate se réjouit d'être en week-end. Bien qu'elle eût tenu sa promesse à Lizzie et n'eût pas écopé d'autres retenues de la semaine, elle avait toujours du mal à suivre aussi bien que ses camarades. Même si tous les cours, à l'exception de l'espagnol, étaient enseignés en anglais, elle devait encore s'adapter au programme scolaire, qui était différent de celui dispensé en Grande-Bretagne.

Elle s'occupa de rentrer les chevaux et de nettoyer les écuries, puis regagna la maison. Elle s'arrêta au passage devant la grande citerne d'eau en plastique, qui avait été installée sur le côté de la véranda, et alluma le générateur. Il vrombit et la pompe se mit en marche. Kate rentra à pas feutrés dans la maison et alla se doucher, contente de pouvoir laver ses longs cheveux blonds. Bien qu'elle détestât l'admettre, le shampoing sec ne pouvait rivaliser avec celui qu'elle faisait mousser !

Elle sortit de la salle de bains et vit Clara passer dans le couloir à toute allure.

— J'ai allumé le générateur, si tu veux prendre une douche, lui cria Kate.

— Pas le temps, répondit sa cousine. Je me laverai chez papa, après l'entraînement.

Kate enfila un short et un tee-shirt et descendit au moment où Lizzie disait au revoir à sa fille.

— Elle en a mis du temps à partir, commenta Kate. Quand je l'ai croisée là-haut, elle avait l'air pressée.

— Oh, c'est parce que j'ai un peu bavardé avec Carlos, répondit sa tante en se dirigeant vers la cuisine. Il m'a parlé des différentes rencontres auxquelles allait participer l'équipe, le mois prochain.

— Ah bon ? s'étonna Kate.

— N'aie pas l'air aussi choquée ! s'esclaffa Lizzie. Nous pouvons être amis, même si nous sommes divorcés.

Kate prit une profonde inspiration.

— Je crois que Clara espère que vous vous remettiez ensemble, révéla-t-elle.

Sa tante ne répondit pas immédiatement. Elle versa un peu de mélange de fruits secs sur son bol de céréales et recouvrit le tout de yaourt.

— Je sais, avoua-t-elle enfin. Et je sais aussi que c'est pour cette raison qu'elle est si dure avec Antonio, en ce moment.

— Elle finira par s'y habituer.

Kate se sentit soudain irritée en repensant à l'impolitesse de sa cousine.

Lizzie soupira.

— Mais Clara devrait-elle réellement avoir à s'y habituer ? Comment puis-je penser à mon bonheur avant le sien ?

Elle s'interrompit quelques instants, puis se reprit :

— Je ne devrais pas parler de ça avec toi. Ce n'est pas juste.

Elle attrapa le presse-agrumes usagé, le porta à l'évier et se mit à le démonter.

Kate rejoignit sa tante à grands pas et la prit entre ses bras.

— Tu peux me parler quand tu en as besoin, tu sais.

Lizzie se retourna et rendit son étreinte à sa nièce.

— Tu es vraiment un amour, Kate. Je suis tellement contente de t'avoir ici.

— Pas autant que je le suis, moi.

Elle laissa sa tante aller s'occuper des factures d'eau dans le bureau et regagna les écuries pour panser Cohete et Nando avant leur cours d'équitation hebdomadaire. Elle les attacha dans la cour, les brossa, puis leur cura délicatement les pieds. Lorsqu'elle rapporta le kit de pansage dans l'écurie, elle aperçut Luis dans son atelier.

— Bonjour ! le salua-t-elle. Tu as l'air bien occupé.

Le garçon leva les yeux du vélo sur lequel il travaillait.

— J'ai cinq vélos à rendre aujourd'hui, l'informa-t-il. Ton agenda m'a vraiment bien aidé à m'organiser.

Kate rangea le kit de pansage, puis ressortit avec les harnachements des poneys. Elle s'arrêta net sur sa lancée en découvrant que Coco s'était échappé de son box. Elle avait dû oublier de refermer les deux verrous. Le poney pie avait la tête tendue vers l'une des jardinières suspendues le long de l'arcade. Il cueillit une fleur rouge, puis rejoignit Cohete au petit trot.

La jeune fille sourit.

— On dirait qu'une idylle est en train de naître !

Coco plaqua les oreilles en direction de la voix de Kate.

— Fais demi-tour et retourne dans ton box, lui ordonna-t-elle d'un ton sévère.

Au bout de quelques instants, le poney fit volte-face et la regarda à travers ses longs cils.

— Tu m'as bien entendue, va dans ta chambre, insista la jeune fille, les mains sur les hanches. Et tout de suite !

Elle esquissa un sourire en voyant le poney baisser la tête et regagner son box d'un pas traînant. Lorsqu'il donna un petit coup dans sa porte pour la refermer, des éclats de rire retentirent dans la cour.

Kate se retourna et constata que les jumelles, Ana et Maria, étaient arrivées pour leur cours. Toutes deux applaudirent.

— Coco est si intelligent ! s'exclama Maria. Tous nos amis n'arrêtent pas de nous demander de ses nouvelles depuis qu'ils l'ont vu à notre goûter d'anniversaire.

Kate sourit.

— Peut-être que vous pourriez leur dire qu'il est prêt à venir à leur anniversaire, à eux aussi ?

— Oui, nous le ferons, répondit Ana pendant que Kate harnachait rapidement les deux poneys. Est-ce que je peux monter Coco, aujourd'hui ? ajouta-t-elle.

Sa sœur ouvrit grand les yeux.

— Non, moi aussi, je veux monter Coco !

Lizzie les rejoignit à ce moment-là.

— Personne ne peut monter Coco, à part Kate, trancha-t-elle.

La jeune fille éprouva soudain de la fierté.

— Il commence tout juste à apprendre à être monté, expliqua-t-elle aux deux fillettes.

Elle mena Nando et Cohete à la carrière. Une fois dedans, elle aida les jumelles à prendre place en selle et vérifia leurs sangles avant d'aller s'asseoir sur la clôture, où se trouvait déjà la mère des filles, Stella. Lizzie avait disposé des barres au sol d'un côté de la carrière et, après que les cavalières eurent échauffé leur monture, elle leur demanda de passer les obstacles au trot.

— Quand pourrons-nous galoper ? demanda Maria. Nous ne faisons que trotter.

— Maria, la réprimanda sa mère avant de se tourner vers Kate. Elle veut toujours aller plus vite que la musique.

— On dirait moi ! s'esclaffa Kate.

— Comment va Coco ? demanda Stella. Il a eu un tel succès à l'anniversaire des enfants.

Comme toujours, la jeune fille fut attendrie en pensant au drôle et brillant poney.

— Il va très bien, répondit-elle.

Elle raconta alors l'épisode du matin, lorsqu'il avait cueilli une fleur et tenté de l'offrir à Cohete.

Stella pencha la tête en arrière et rit.

— Ah, il n'y en a pas – comment dites-vous en anglais ? – quatre comme lui.

— Deux comme lui, la corrigea Kate. Il n'y en a pas deux comme lui.

Elle observa Maria qui tournait à l'angle de la longueur de la carrière sur Cohete.

— Utilise tes jambes pour lui faire comprendre que tu veux qu'il allonge sa foulée, lui cria Lizzie.

Au lieu de contrôler la vitesse de sa monture à l'aide de ses mains, la petite fille lâcha la bride et fit claquer ses jambes contre les flancs de sa monture. Le poney répondit à son appel et se mit à galoper à faux. Il fonça vers les barres au sol à une allure effrénée avant de virer brusquement pour les éviter.

Kate, affolée, sauta pour aller aider la jeune cavalière. Elle courut pour la rattraper, mais n'arriva pas à temps pour l'empêcher de chuter. Maria roula sur le côté et se mit à pleurer bruyamment.

— Tu es blessée ? demanda Lizzie tandis que Kate encourageait la fillette à se relever.

Maria hoqueta, puis secoua la tête négativement.

— Alors, tu dois aller vérifier que ton cheval va bien, lui dit Lizzie. Dès que tu sens que tu n'as rien, tu dois toujours aller voir ta monture. C'était une belle chute, en tout cas, ajouta-t-elle.

Kate jeta un coup d'œil furtif à Stella, s'inquiétant de sa réaction face à l'attitude pragmatique de sa tante. Elle constata avec soulagement que la mère des jumelles approuvait d'un signe de tête.

Ana, qui avait fait faire des cercles à Nando le temps de l'incident, regagna la piste aussitôt sa sœur remise sur pied et aborda les barres au sol d'un trot énergique.

— Bravo, la félicita Lizzie. Si Nando a su prendre une telle impulsion, c'est parce que tu as réussi à l'obliger à ne pas relâcher ses efforts, ce qui n'est pas toujours facile avec lui.

Kate aida Maria à remonter en selle.

— Ça nous arrive à tous de chuter, la rassura-t-elle.

La fillette avait le visage pâle et les yeux embués de larmes.

— Je suis tombée de Belle l'autre jour, poursuivit Kate, quand j'apprenais à sauter des obstacles. C'était un beau saut, sauf que la jument est restée derrière moi.

Maria esquissa un sourire, puis trotta à nouveau vers les barres au sol. Cette fois-ci, le poney dressa les oreilles et passa les obstacles à une allure équilibrée et maîtrisée.

— Excellent, conclut Lizzie. C'est exactement ce que j'attends de vous. Et quand je serai certaine que vous pourrez réussir à tous les coups, on passera au galop.

Le visage de Maria s'illumina et elle se pencha pour caresser l'encolure de Cohete.

— Maintenant, nous allons faire quelques huit de chiffre au trot, les informa Lizzie. Je voudrais que vous changiez de diagonale quand vous passez au centre de la carrière.

Une fois le cours terminé, les jumelles demandèrent à laver les poneys. Kate les laissa avec un seau d'eau et deux éponges et alla ranger les harnachements dans l'écurie. Elle revint ensuite auprès des fillettes et les aida à finir de rincer les parties hautes du corps des poneys qu'elles n'avaient pas pu atteindre.

Luis, qui s'essuyait les mains sur un chiffon huileux, apparut sur le pas de la porte de son atelier.

— Ça te dirait qu'on aille se promener à cheval, quand il fera un peu plus frais ? proposa-t-il à Kate. Je devrais avoir fini vers cinq heures.

— Oh oui, c'est une très bonne idée, répondit-elle en souriant. Je demanderai à Lizzie si je peux prendre Coco. Et si en plus, on voyait Luna, ce serait formidable. Elle a peut-être eu ses chiots !

— Des chiots ? répétèrent en chœur les jumelles.

Leur mère les appela depuis le portail de la cour, mais les deux fillettes l'ignorèrent.

— Où sont-ils ? demanda Ana.

— On peut venir les voir avec vous ? supplia Maria.

Kate secoua la tête.

— Ils sont loin d'ici, leur expliqua-t-elle, et ils ne sont peut-être pas encore nés. Leur mère est sauvage, donc on n'est même pas sûrs de pouvoir les trouver.

— Je suis persuadée que Kate vous racontera tout la semaine prochaine, quand vous reviendrez pour votre cours, déclara Stella. Vous connaissant toutes les deux, vous seriez bien capables de chercher à les ramener à la maison. Il faut laisser les animaux sauvages tranquilles, ce ne sont pas des jouets. Allez, c'est l'heure de partir.

Les jumelles firent un câlin à Nando et Cohete, puis s'en allèrent à contrecœur. Kate devina que d'ici peu de temps elles embêteraient leur mère pour pouvoir passer toute la journée aux écuries.

La jeune fille s'en fut remplir à nouveau les seaux d'eau des poneys, qui buvaient beaucoup plus que d'accoutumée par cette chaleur, avant de gagner le box de Coco, munie d'un kit de pansage. Elle adorait brosser sa robe marron et blanche pour la faire briller.

Le poney souffla quand elle s'attaqua à sa crinière.

— Tu aimes ça, on dirait ? murmura Kate.

Elle passa le peigne dans les crins jusqu'à ce qu'ils glissent sur ses mains comme de la soie. Coco se tourna vers Kate et frotta son front contre elle. La jeune fille lui gratta le toupet, et il se mit à secouer vigoureusement la tête de haut en bas, en suivant le mouvement de ses doigts.

— C'est ici que ça te démange ? s'esclaffa Kate.

Elle enroula les bras autour de l'encolure du poney et le serra contre elle.

— Je suis tellement contente de t'avoir trouvé, chuchota-t-elle.

Après déjeuner, Lizzie alla s'asseoir dans la balancelle installée sur la véranda. Kate l'accompagna et se dirigea tout droit vers le hamac que Rafael avait récemment suspendu entre deux poutres.

— Aïe ! hurla-t-elle.

Elle était montée trop vite dans le hamac, qui s'était retourné et l'avait fait tomber sur le plancher. Elle fut plus prudente à la deuxième tentative ; néanmoins, tandis qu'elle se balançait doucement, la sensation de pouvoir basculer à tout moment ne la quitta pas. Heureusement qu'elle avait meilleur équilibre à cheval !

— Luis m'a proposé d'aller faire une balade à cheval tout à l'heure, se rappela-t-elle. Je pourrais prendre Coco ?

— Je suis désolée, ma puce, mais je préférerais être avec toi lors de sa première sortie, lui fit savoir sa tante. S'il parvient à travailler au calme dans la carrière, il appréhendera très différemment une promenade sur les sentiers, où des centaines de choses pourraient l'effrayer. Pourquoi ne prenez-vous pas Belle et Sanchez ? Ils ont besoin de faire un peu d'exercice.

— D'accord, concéda Kate.

Elle bâilla et sentit soudain ses paupières peser lourd. Elle comprenait pourquoi les gens du coin faisaient souvent la sieste aux heures les plus chaudes de la journée. La jeune fille s'assoupit jusqu'à ce qu'un bourdonnement la réveille. Elle agita la main pour chasser l'insecte qui devait lui voler autour, mais le bruit ne se tut pas. Kate finit par s'asseoir et comprit que le son venait de beaucoup plus loin. Quand elle se sentit complètement réveillée, elle se leva, intriguée, et quitta la terrasse sur la pointe des pieds pour ne pas déranger sa tante qui dormait profondément dans la balancelle.

Comme le bourdonnement résonnait de plus en plus fort à mesure qu'elle approchait de la cour, Kate regarda dans l'atelier de Luis, se disant qu'il s'agissait peut-être d'un outil. Le garçon avait le dos tourné à la porte. Il était torse nu et la sueur luisait sur sa peau, alors qu'il tentait tant bien que mal de détacher une roue d'un vélo.

— Tu sais ce qui fait ce bruit ? cria Kate par-dessus la radio.

Luis se retourna et arbora un sourire en la voyant. Il éteignit la radio et enfila son tee-shirt.

— Quel bruit ?

— Écoute.

— Ce sont sûrement des motos, répondit-il.

Il leva les bras au-dessus de sa tête et s'étira.

— C'est déjà l'heure d'aller faire cette balade ? Une pause ne me ferait pas de mal.

Kate acquiesça d'un air distrait. Elle aurait dû se rendre compte que le bruit venait des montagnes qui s'élevaient derrière le ranch.

— J'espère qu'ils ne dérangent pas Luna, déclara-t-elle.

— Ne t'inquiète pas. Si Luna est assez maligne pour survivre seule dans la forêt, elle le sera aussi pour se mettre à l'abri de visiteurs importuns.

Ils harnachèrent Belle et Sanchez, et Kate fit claquer sa langue en découvrant une fissure sur le sabot de Belle.

— Qu'y a-t-il ? s'inquiéta Luis en se penchant au-dessus de la porte du box de la jument. Est-ce que je peux réparer ça avec un baiser ?

Il pressa délicatement ses lèvres contre celles de la jeune fille.

— On ne peut malheureusement pas résoudre tous les problèmes de ce bas-monde grâce au baiser d'une femme, commenta Rafael d'un ton amusé.

Kate s'écarta prestement de Luis et rougit.

— Je suis inquiète pour le sabot de Belle. Regardez, bredouilla-t-elle en agitant la main en direction du pied de la jument.

Rafael hocha la tête.

— Ce n'est qu'une petite fissure pour le moment, mais tu as raison de le signaler. Luis, va chercher l'onguent dans la sellerie.

— Je devrais peut-être le plonger dans de l'eau, suggéra Kate en s'écartant pour laisser passer Luis.

Rafael remonta son chapeau à large bord.

— On croit souvent qu'un sabot sec a besoin d'eau, mais ce n'est qu'une source de problèmes supplémentaires. Quand il fait très chaud, nous devons aider les chevaux à garder leurs sabots hydratés, mais il est important de ne pas utiliser d'eau ni d'huile. L'huile peut empêcher le sabot de respirer, tu comprends ? Il faut toujours préférer quelque chose à base de lanoline.

— Lanoline, répéta Kate à voix basse, sachant qu'elle ne se souviendrait jamais de ce mot.

— C'est de la graisse de laine, expliqua Rafael.

— Et pourquoi pas d'eau, alors ? s'enquit Kate, curieuse.

— Parce que l'eau ramollit la corne. Si elle est trop mouillée, la paroi du sabot peut se scinder en deux.

L'homme joignit le geste à la parole.

— Quand le sabot est sec, puis humide, il se fragilise et des fissures se forment. Si l'on remet de l'eau pardessus, le problème ne fera qu'empirer. On va appliquer un onguent sur les sabots de Belle, c'est efficace, tu verras.

Luis revint chargé d'un pot et d'un chiffon, puis fit pénétrer habilement l'onguent dans les sabots de la jument. Kate n'avait jamais réalisé que les pieds des chevaux réclamaient tant de soins.

— Tu sais ce qu'on dit : pas de pied, pas de cheval, conclut Rafael de sa voix grave.

Il tint la porte à Kate pour qu'elle fasse sortir Belle.

Santa les attendait dans la cour, une gourde et une boîte hermétique à la main.

— Limonade fraîche, annonça-t-elle à Kate, et des *alfajores* – des gâteaux.

Luis sortit à son tour de l'écurie avec Sanchez et s'empara de la gourde et de la boîte en déposant un baiser sur la joue de sa grand-mère. Il avait accroché une sacoche à la selle de son cheval, et Kate en déduisit que c'était lui qui avait chargé Santa de leur préparer un petit goûter.

Il ne l'avait donc pas simplement conviée à une balade, mais aussi à un rendez-vous romantique. À cette pensée, Kate bondit intérieurement de joie. Luis et elle n'avaient pas passé un seul moment en tête à tête depuis qu'elle était rentrée d'Angleterre.

Ils saluèrent Santa de la main et quittèrent la cour. Kate s'adapta à la foulée souple de Belle et prit conscience de la chance qu'elle avait de pouvoir monter différents poneys, même si elle avait une préférence pour Coco.

Le soleil, qui commençait à disparaître derrière l'horizon, enflammait le ciel de nuances rouge et orange vifs.

— C'est beau, commenta Kate.

Elle resserra ses mains et ses jambes pour ramener au pas Belle, qui avait déjà gravi la moitié du chemin au trot rapide.

Luis fit faire un demi-arrêt à Sanchez pour permettre à Kate de le rattraper, les foulées courtes de sa jument l'empêchant de suivre le rythme du cheval noir.

— Je suis content que nous ayons pu trouver un moment, tous les deux, déclara Luis. J'ai l'impression qu'on ne s'arrête jamais. Tu passes beaucoup de temps à t'occuper des chevaux tous les jours, et mon affaire n'a jamais aussi bien marché.

— Sans parler de l'école, approuva Kate en grimaçant.

Comme Luis fréquentait un autre établissement qu'elle, ils ne pouvaient même pas profiter des récréations pour se voir.

— C'est bien que tu aies de plus en plus de clients, en tout cas. J'aimerais pouvoir en dire autant du refuge. Il nous faudrait vraiment investir dans d'autres chevaux pour attirer plus de monde, mais Tante Lizzie n'a pas les économies nécessaires.

— Pourquoi n'achetez-vous pas des VTT, à la place ? Vous pourriez aussi proposer des randonnées à vélo, suggéra Luis. Tu serais surprise du nombre de personnes qui préfèrent se balader sur deux roues plutôt que sur quatre jambes.

Il tapota l'épaule de Sanchez.

— Sans vouloir t'offenser, mon beau, ajouta-t-il.

Kate réfléchit à cette idée. Ça pourrait marcher, d'autant plus que les vélos n'avaient besoin ni d'être nourris ni d'être arrosés !

— Je suis sûr que le magasin de vélos d'occasion en ville vous ferait un bon prix, poursuivit Luis. Les commerçants sont toujours prêts à s'investir pour faire venir des touristes dans la région.

— Et si nous proposions des randonnées d'un genre nouveau pour attirer encore plus de monde ? s'enthousiasma Kate dont le cerveau bouillonnait d'idées. Nous pourrions organiser des randonnées pour la Saint-Valentin ou des balades de nuit ou des jeux de laser à vélo ou…

— Peut-être que pour le moment, vous feriez mieux de vous contenter de randonnées à VTT classiques, l'interrompit Luis en souriant. C'est toujours préférable de faire simple au début, tu ne crois pas ?

Kate choisit délibérément de ne pas répondre ; elle resserra les jambes autour de Belle et s'enfonça dans la selle. La jument passa au galop, et la cavalière progressa le long de la vallée en se laissant porter par le mouvement de balancier.

Sanchez, dont les longues jambes engloutissaient les mètres, les rattrapa rapidement. Belle fit soudain un écart pour éviter une ornière, et Kate se rattrapa à sa crinière. Devant, Sanchez passa au trot, puis au pas. Luis déchaussa les étriers, sauta à terre, puis attacha son cheval à une branche.

— Viens, dit-il en tendant la main à Kate qui attachait aussi sa monture un peu plus loin.

La jeune fille le suivit entre les buissons, ils empruntèrent un étroit sentier pentu et se retrouvèrent au pied du lit de la rivière. Kate reconnut le lieu, leva les yeux vers les rochers en surplomb et remarqua tristement que la cascade avait tari. Seuls les maigres ruisselets, qui gouttaient sur la mousse verte accrochée aux roches, attestaient son existence passée.

— Arrêtons-nous là, décréta Luis.

Il s'assit sur un rocher et sortit la limonade. Kate en but une gorgée, puis mordit dans un gâteau.

— Mmm, c'est délicieux.

La douceur du caramel qui s'opposait à la pointe acidulée de citron lui ravissait les papilles.

— C'est la deuxième fois que je vois la cascade asséchée, dit Luis en tendant le bras en direction des roches. C'est l'un des étés les plus secs que je connais.

Kate fronça les sourcils.

— Tu es vraiment sûr que Luna saura trouver de l'eau ?

— À mon avis, elle en a déjà trouvé, répondit le garçon. C'est d'ailleurs probablement pour cette raison qu'elle est venue s'installer ici. Quand ses chiots seront nés, si elle ne veut pas les laisser le temps d'aller chercher où boire, elle devra forcément se trouver à proximité d'une source.

— C'est logique, oui.

Kate, soulagée, soupira. Elle se reposa contre Luis et sentit le bras du garçon entourer sa taille. Ils restèrent ainsi sans parler pendant un petit moment, à dévorer les gâteaux et partager un gobelet de limonade.

— Allez, finit par dire Luis. Montons à la citerne pour vérifier que la soudure tient bien.

Alors qu'ils rejoignaient les chevaux, main dans la main, Kate se sentit envahie par un sentiment de bien-être. Quelle parfaite fin de journée !

Ils remontèrent en selle et gravirent la piste sinueuse qui menait à la citerne. En chemin, Kate remarqua une large ombre noire, qui décrivait des cercles dans le ciel.

— Qu'est-ce que c'est ? demanda-t-elle en désignant du doigt un grand oiseau.

Luis protégea ses yeux du soleil, puis regarda en l'air.

— Un condor.

— Ce n'est pas comme les vautours, j'espère ? s'enquit Kate en haussant la voix par-dessus le bruit des sabots, qui claquaient contre la crevasse rocailleuse sur laquelle ils progressaient. N'ont-ils pas tendance à décrire des cercles quand un animal est mort ou sur le point de mourir ? poursuivit-elle d'un ton inquiet et haut perché. Et si c'était Luna ? Si elle avait un problème ? Elle est peut-être en train de mourir de faim.

Luis descendit de cheval et attacha Sanchez au pied de la citerne.

— Mais qu'est-ce que tu as avec cette chienne, Kate ? Elle sait très bien se débrouiller toute seule !

Il se pencha pour vérifier la soudure et hocha la tête d'un air satisfait.

— C'est parfait. Dès que l'eau coulera à nouveau dedans, elle ne devrait plus fuir.

Il se redressa et jeta un coup d'œil par-dessus son épaule.

— Tu ne seras pas contente tant que nous ne serons pas allés la chercher, pas vrai ?

— Je crois, oui.

Kate avait déjà attaché Belle et prit les deux derniers gâteaux restant dans la sacoche de selle. Elle s'avança la première sur le sentier de la forêt, puis s'arrêta pour tenter de se souvenir du chemin exact qui menait à la tanière de Luna.

Luis soupira et passa devant elle.

— Par là.

Il lui indiqua le passage entre les arbres, puis s'engagea sur le sentier pentu.

Kate, à court de souffle, le suivait entre des branches qui lui giflaient les joues et s'accrochaient à ses vêtements.

— Tu es sûre que c'est la bonne direction ? cria-t-elle.

— Je suis ses traces, répondit le garçon.

Kate secoua la tête. Luis avait clairement trop pris le soleil. Il n'y avait rien d'autre à regarder hormis les buissons et les arbres. Elle s'apprêtait à lui proposer de mettre un linge mouillé sur sa nuque, quand il s'arrêta brusquement. Kate lui rentra dedans.

— Qu'est-ce que tu fais ? s'énerva-t-elle.

— Chut ! souffla Luis. Regarde !

Il s'écarta et l'attira à ses côtés.

— Oh !

La jeune fille fixa ses yeux sur le canyon, où Luna était couchée à l'ombre d'une roche en surplomb. Deux minuscules chiots roses étaient blottis contre son flanc. La chienne les nettoyait à grands coups de langue. Elle s'interrompit soudain, lorsque Kate fit un pas en avant.

Luis posa la main sur son bras.

— Ne t'approche pas plus, l'avertit-il à voix basse.

Luna les jugeait de ses yeux noirs pétillants d'intelligence. Kate retint son souffle jusqu'à ce que la chienne reporte son attention sur ses petits.

— Ils sont trop mignons, chuchota-t-elle.

Elle aurait tant aimé pouvoir les prendre dans ses bras ; ils étaient si petits qu'ils devaient tenir dans le creux de sa main.

— Nous ferions mieux d'y aller, murmura Luis. Ils n'ont certainement pas plus de quelques heures. Luna a besoin qu'on la laisse tranquille.

Kate approuva d'un signe de tête et fit demi-tour avant de se souvenir des gâteaux qu'elle avait apportés.

— Attends !

Avant que le garçon n'ait le temps de l'en empêcher, elle s'avança dans la clairière.

Luna releva les yeux vers elle, les oreilles tendues en avant. Elle poussa un faible grognement de mise en garde, mais ne bougea pas.

— Ne t'inquiète pas, ma belle. Je ne te veux aucun mal, chuchota Kate.

Avec des gestes lents, elle déposa les gâteaux par terre, puis rejoignit Luis à petits pas.

— Tu es folle, souffla-t-il. Si elle avait décidé d'attaquer, tu n'aurais pas eu la moindre chance de t'en sortir.

Toutefois, sur le chemin du retour, la jeune fille, qui avait serré les bras autour de sa taille, ne put s'empêcher de se réjouir. Non seulement Luna allait bien, mais ses petits étaient nés ! Et peu importait ce que pouvait penser Luis, la chienne était assez intelligente pour comprendre que Kate souhaitait juste être son amie.

— Deux chiots ! murmura-t-elle. Félicitations, ma belle.

Chapitre 7

Kate se précipita dans la maison, évitant de justesse Clara, qui était dans l'entrée.

— Oh ! s'écria sa cousine. Qu'y a-t-il de si urgent ?

— J'ai une super nouvelle. Luna va bien… et ses chiots sont nés ! Si tu les voyais, ils sont vraiment trop mignons !

— Cool, tu as pris des photos ?

Kate fit claquer sa main contre son front.

— Comment ai-je pu ne pas y penser ?

Elle regarda Clara de plus près.

— Tu as l'air de meilleure humeur que ce matin, observa-t-elle.

— Oui, c'est vrai, admit sa cousine. J'ai passé une journée formidable ! Tomas m'a donné un cours en tête à tête sur Fleur.

— Fleur ? répéta Kate.

C'était la première fois que Clara mentionnait ce nom.

— Le meilleur poney de polo de l'écurie, expliqua-t-elle. Il a été fantastique.

— Qui ? Fleur ou Tomas ?

Kate avait du mal à suivre sa cousine qui parlait à toute vitesse.

— Tomas, répondit Clara d'un ton agacé. Fleur était super aussi, mais Tomas m'a signalé des défauts dans mon jeu que même Papa n'avait pas relevés. Il m'a consacré deux heures de son temps, t'imagines ? Et Papa est venu me regarder à la fin de l'entraînement. Il m'a dit que je pouvais jouer mercredi soir avec l'équipe senior, qui dispute un match pour une œuvre de charité.

— Ouah, c'est génial.

Kate était ravie pour Clara. Avant que sa cousine ne poursuive son récit, Lizzie passa la tête par la porte du salon.

— Il me semblait bien vous avoir entendues ! dit-elle en souriant. Je nous ai concocté une soirée cinéma. J'ai des DVD, du pop-corn et des sodas frais. Allez vous doucher et rejoignez-moi ici.

Clara sembla hésiter.

— Il n'y a que toi dans le salon, dis ?

Sa mère rit.

— Oui, je suis seule, et je n'ai invité que deux personnes : mes deux ados préférées. Je ne vous demande qu'une seule faveur, que l'un des films que l'on regarde soit *Hidalgo*.

— Maman, tu dois connaître toutes les répliques de ce film par cœur à force, ronchonna Clara.

— Oui, mais il y a des choses dont on ne se lasse jamais. Et dans ce cas, il s'agit de Viggo Mortensen ! répondit Lizzie en faisant un clin d'œil.

Kate observa Sina qui remontait le terrain de football à toute allure, puis envoyait le ballon dans la cage des buts. Le garçon leva les mains en l'air, retraversa le terrain en courant et ses coéquipiers lui sautèrent dessus. Depuis son point de vue privilégié, Kate roula les yeux.

— Mais qu'ont donc les garçons avec le foot ? demanda-t-elle à Julia.

— Tu peux parler.

Julia cueillit une pâquerette et se mit à lui arracher les pétales au moment où l'arbitre siffla la fin du match.

— Tu es un vrai cliché, toi aussi : les filles et les chevaux. Oh, oh…

Elle jeta la fleur par terre et se redressa.

— Alerte, Sina s'approche.

Le garçon les rejoignit au pas de course, ses cheveux noirs ruisselant de sueur. Il frotta son avant-bras contre son front.

— Salut les filles, vous avez vu mon but ?

— Oh, tu étais en train de jouer ? Je n'avais pas remarqué, mentit Kate.

Elle se tourna vers Julia et cligna de l'œil.

— Tu l'avais vu, toi ?

Son amie secoua la tête à regret.

— Non, mais je suis sûre que tu as été formidable, Sina, déclara-t-elle. Dommage que nous ne t'ayons pas vu, tu aurais illuminé notre journée.

— Ouais, tant pis, grogna Sina.

Kate se souvint soudain qu'elle avait quelque chose à lui demander.

— Tu n'es pas sorti faire un tour à moto ce week-end, par hasard ?

Sina prit un air pensif.

— Euh, je ne suis pas sûr de m'en souvenir…

— D'accord, d'accord, j'ai vu ton but et il était très joli, admit Kate.

— Oh, samedi, répondit Sina en esquissant un sourire. Oui, j'ai fait un tour dans les sentiers derrière chez toi. Nous avons trouvé un nouveau circuit en remontant le lit asséché de la rivière. Tu aurais dû me passer un coup de téléphone, si tu voulais venir.

— Tu rêves, oui, répliqua Kate. Je préfère sans hésitation la puissance des sabots à celle des gaz d'échappement.

Elle gémit en voyant Elena qui se dirigeait vers eux.

— Oh non, pas encore. S'il te plaît, Sina, tiens ta petite amie.

Le garçon se retourna et passa un bras autour des épaules d'Elena.

— Coucou bébé, tu as vu mon but ? Je suis le héros du match !

La jeune fille l'ignora. Elle planta son regard sur Kate, qui bâilla, ferma les yeux et pencha la tête de côté.

— Excuse-moi, lui dit Kate. Mais tu me caches le soleil.

— Tu sais, répondit Elena, on commence à beaucoup parler de toi. Ça devient gênant, à force, cette manie que tu as de te jeter sans cesse sur Sina.

Kate ne put s'empêcher de ricaner en se voyant fendre l'air et couper le souffle à Sina, stupéfait de la voir atterrir brutalement sur lui.

— C'est ça, ris, siffla Elena. Tu ne trouveras plus ça aussi drôle quand tout le monde t'ignorera.

— J'ai toujours voulu savoir qui était *tout ce monde,* intervint Julia. Je veux dire, *tout le monde* ne peut pas réellement être chacun d'entre nous – par exemple, moi, il ne me viendrait jamais à l'esprit d'ignorer Kate – donc combien de personnes compte *tout le monde* exactement ?

— Elena, redescends sur terre, intervint Kate. Et en ce qui concerne mon envie d'être avec Sina, enfin, franchement ? Tu as vu comme Luis est canon ?

— D'accord, d'accord, dit Sina en levant les mains. Je ne crois pas nécessaire que cette conversation tourne en dispute pour savoir qui a le meilleur petit ami. C'est évident qu'Elena gagnerait haut la main.

Il effleura délicatement la joue de la jeune fille.

Kate sentit soudain la colère monter en elle. Elle se leva et défroissa ses habits d'un revers de la main.

— Pour info, tout ça devient un peu trop puéril à mon goût. On n'a qu'à mettre en place une interdiction d'approcher et en finir une bonne fois pour toutes.

— Très bonne idée ! répondit Elena en haussant la voix.

— C'est moi qui ai besoin de cette interdiction, répliqua Kate en pointant un doigt sur sa poitrine. Car neuf fois sur dix, c'est Sina qui vient me chercher. Tu ferais peut-être bien de lui acheter une laisse.

Elena s'élança, les mains tendues en avant, et poussa Kate. La jeune fille tomba sur son sac et fixa d'un air désespéré le yaourt qui s'écoulait de la pochette intérieure sur des feuilles de papier froissé.

— Mon devoir d'histoire ! Señora Diaz ne va jamais croire que j'ai renversé mon déjeuner dessus, cette fois.

Elle plissa les yeux et se releva tant bien que mal.

— Tu vas venir la voir avec moi, Elena, et lui dire ce que tu as fait.

— Compte là-dessus.

Elena rejeta ses cheveux en arrière.

— Que se passe-t-il, ici ? demanda Señor Rey, le professeur de sciences de Kate, en se frayant un passage à travers la foule amassée autour des deux filles.

Ses petits yeux noirs foudroyèrent tour à tour Kate et Elena. Il croisa les bras sur son ventre, qui rebondissait au-dessus de son étroite ceinture.

— Elena s'imagine que je veux lui piquer son petit ami et joue les hystéro, expliqua Kate en lançant un regard furieux à Elena.

— Hystéro ? Qu'est-ce que c'est que ce mot ? répliqua Señor Rey.

Kate s'apprêtait à lui répondre qu'elle voulait dire qu'elle était d'une jalousie maladive, mais il la coupa dans son élan.

— Ce comportement est totalement inacceptable. Vous passerez toutes les deux l'heure du déjeuner à rédiger une dissertation sur la civilité.

Il tapa dans ses mains pour disperser les élèves qui se pressaient autour d'eux.

— La récréation est bientôt terminée. Regagnez vos classes, maintenant.

Sina regarda Kate.

— Désolé, articula-t-il en silence, bien que la lueur d'amusement qui animait ses yeux gâchât son excuse.

Kate était furieuse, et son humeur ne s'arrangea pas quand elle découvrit, le midi, qu'elle devait rédiger sa dissertation en espagnol.

— Tout est ta faute, siffla Elena entre ses dents quand Señor Rey sortit de la salle pour discuter avec un autre professeur dans le couloir. Tu ne supportes pas l'idée que Sina me préfère à toi.

— Oh, passe à autre chose, répondit Kate en écartant la remarque d'un geste de la main. Ça devient vraiiiiment ennuyeux.

Elle roula en boule un petit bout de papier et l'envoya sur Elena, qui répliqua en lui jetant son stylo.

Kate baissa la tête au moment où Señor Rey rentrait dans la salle. Il haussa les sourcils en voyant Kate tenir le stylo en l'air.

— Je l'ai fait tomber, expliqua-t-elle en le posant sur sa table.

— Mmh, fit le professeur.

Il ouvrit un livre et se mit à lire.

— Dès que vous aurez fini, vous pourrez aller déjeuner, ajouta-t-il.

Kate étouffa un rire lorsque Elena, qui ne semblait pas avoir d'autre stylo, la fusilla du regard. La jeune fille se pencha sur sa feuille et remplit le recto, en espérant que cela suffirait. Elle se leva et gagna le devant de la salle, en rendant au passage son stylo à Elena.

Señor Rey leva les yeux de son livre.

— Tu n'as pas fini, Elena ? Si tu ne te dépêches pas, tu n'auras pas le temps de manger, *si ?*

Il permit à Kate de sortir d'un bref hochement de tête.

Julia attendait son amie dans la cantine.

— Comment ça s'est passé ?

— Un cauchemar.

Kate déballa son sandwich et mordit dedans.

— Il m'a demandé d'écrire en espagnol. Je n'ai aucune idée de ce que j'ai raconté. J'ai dû dire qu'un comportement civilisé était quelque chose que l'on demandait à l'office du tourisme.

Julia pouffa de rire.

— Où est Elena ? J'aurais pensé qu'elle finirait avant toi.

— Oh, elle est encore en classe avec Señor Rey, répondit Kate d'un ton innocent. Je crois qu'elle a eu l'angoisse de la page blanche pendant quelque temps.

Elle secoua la tête.

— Je ne comprends pas pourquoi elle croit dur comme fer que j'essaie de m'interposer entre elle et Sina. Pourquoi n'arrive-t-elle pas à se mettre dans le crâne que nous sommes juste de bons amis ?

Julia eut l'air pensive.

— Peut-être qu'elle est jalouse de toi ?

— Jalouse ? répéta Kate. Ça m'étonnerait. Pourquoi quelqu'un comme Elena envierait-elle les autres ? Et moi, en plus ? Une empotée pareille.

Julia sourit.

— À vrai dire, tu es plutôt mignonne, drôle, intelligente, et tu fais plein de trucs vachement cool, comme voler au secours des chevaux !

Stupéfaite, Kate cligna des yeux.

— N'importe quoi, répliqua-t-elle en hochant la tête. Je fais toujours tout de travers. Je suis maladroite, j'oublie des trucs, j'agis sans réfléchir aux conséquences, j'ouvre la bouche pour dire des trucs stupides…

Julia tendit la main et pressa le bras de son amie.

— C'est vraiment comme ça que tu te vois ? Tu es super, Kate, alors arrête de douter de toi, et arrête aussi de chercher à te disputer avec Elena. Ce n'est pas le genre de personne à avoir pour ennemie.

Après les cours, Kate et Clara s'attelèrent à leurs devoirs à la table de la cuisine avant de se rendre aux écuries pour s'occuper des chevaux. Dès qu'il aperçut Kate, Coco hennit faiblement et donna des coups de sabots contre sa porte. Ses yeux noirs brillèrent quand la jeune fille vint le câliner. Elle lui grattouilla son encolure, qui était dissimulée sous son épaisse crinière.

— Salut les filles, lança Lizzie. J'ai fini tôt à la clinique, aujourd'hui, et j'ai déjà eu le temps de nettoyer tous les boxes. J'ai pensé que ce serait sympa qu'on aille se balader à cheval toutes les trois.

Kate échangea un regard ravi avec sa cousine.

— Tu pourrais prendre Cohete, Clara, suggéra Lizzie, et Kate, que dirais-tu d'essayer de faire découvrir le vaste monde à Coco ?

— Tu plaisantes ? se réjouit sa nièce. Tu crois vraiment qu'il est prêt ?

— On va le prendre en sandwich entre Sanchez et Cohete pour qu'il se sente en sécurité. Je suis persuadée que tout ira bien, mais si jamais il se met à faire des siennes, au moins, je ne serai pas loin.

Kate alla chercher la selle et le bridon qu'elle avait eus à Noël et les posa sur la porte du box de Coco.

— On va se promener, lui annonça-t-elle. Pas dans la carrière, mais en montagne. Youhou !

Elle brossa rapidement la robe pie du hongre, puis le harnacha. Cette fois, Coco ouvrit la bouche pour prendre le mors. Kate était convaincue qu'il mourait autant d'envie qu'elle d'aller se balader. Elle le fit sortir dans la cour, où l'attendaient Lizzie et Clara.

— Prête ? demanda sa tante en souriant.

La jeune fille monta en selle.

— Prête, confirma-t-elle.

Elle encouragea Coco à avancer et sentit sa surprise quand elle lui fit prendre une autre direction que celle de la carrière.

— Fais-moi confiance, le rassura-t-elle. C'est par là.

Elle le dirigea à la suite de Sanchez, en gardant un contact léger mais constant avec sa bouche.

— Maintiens un dialogue avec lui en te servant de tes jambes et de tes mains, conseilla Lizzie. Tu dois lui faire comprendre qu'il est censé avancer et non faire demi-tour pour rentrer au galop.

Lorsqu'ils approchèrent d'un tas de cailloux amassés au bord du sentier, Coco se figea net.

— Allez, idiot. Regarde, Sanchez est passé, lui, l'incita Kate d'une voix douce tout en resserrant les jambes.

Le poney s'ébroua, mais la cavalière ne relâcha pas la pression qu'elle exerçait sur ses flancs. Coco finit par avancer et marcha le plus loin possible des cailloux sans les quitter des yeux.

— C'est bien, mon beau, le félicita Kate en lui tapotant l'encolure.

— C'est amusant de penser qu'il ne cille pas devant des voitures de clowns ou des décors de scène, mais qu'un amas de cailloux l'effraie, commenta Clara qui se trouvait derrière.

— C'est la preuve qu'il n'est que très rarement sorti d'un paddock ou d'un manège, expliqua Lizzie. Comment trouves-tu qu'il se débrouille, Kate ?

— Il n'est pas pareil que dans la carrière, admit la jeune fille. Il fait un pas en avant et, la minute d'après, j'ai l'impression qu'il ferait demi-tour et chercherait à rentrer, si Clara ne lui bloquait pas la route. Il trébuche beaucoup, aussi. Il a peut-être des problèmes de vue, tu ne crois pas ?

— Non, c'est juste qu'il n'est pas habitué au sol inégal, la rassura sa tante. Il s'y fera vite. Continue comme ça, ne bouge pas trop et rassure-le avec tes aides. Quand il aura compris qu'il ne court aucun danger, il se détendra et commencera à prendre du plaisir.

Elles s'engagèrent sur la piste qui gravissait la montagne, lorsque Kate entendit un cri étrange. Elle tourna la tête en direction du bruit et vit un lapin sauvage, qui cherchait à escalader une saillie rocheuse.

— Oh, quelle drôle de queue a ce lapin ! s'étonna-t-elle en indiquant du doigt l'animal.

— Ce n'est pas un lapin, c'est une viscache, lui apprit Lizzie. Ce rongeur fait partie de la famille des chinchillas.

Il y a tellement d'animaux sauvages ici, pensa Kate. Elle se souvint du condor et espéra que Luna ne s'éloignerait pas trop de ses minuscules chiots sans défense.

— J'oublie sans cesse qu'il y a plein d'animaux ici qu'on ne trouve pas au Royaume-Uni, dit Clara. Nous pourrions peut-être proposer aux touristes de découvrir la faune du pays. Il nous suffirait juste de repérer des endroits où s'arrêter pendant la randonnée pour qu'ils prennent des photos.

— Luis pense que nous devrions acheter des vélos pour diversifier notre activité, révéla Kate.

Elle allongea quelque peu ses rênes et allégea son assiette pour aider Coco à gravir le sentier abrupt et rocailleux.

— C'est une excellente idée, s'enthousiasma Clara. Je parie que des tas de mordus de sport voudront venir. On pourrait aussi leur proposer d'utiliser la piscine, enfin, quand nous ne nous en servirons plus pour les chevaux !

— En parlant de chevaux, nous sommes toujours à court, déclara Lizzie.

— Maman vient bien de dire que nous devrions participer à des courses ? demanda Clara à Kate qui avançait entre elle et sa mère. Il faudrait déjà qu'on arrive à se qualifier, mais j'adore son enthousiasme.

Kate rit.

— À court, elle a dit que nous étions à court de chevaux, rectifia-t-elle par-dessus son épaule.

— On ne peut pas continuer à dépendre des poneys rescapés si l'on veut attirer une clientèle régulière, poursuivit Lizzie.

Elle arrêta Sanchez lorsque la piste s'élargit et attendit que les deux cousines la rattrapent. Kate positionna Coco entre Sanchez et Cohete, le cœur battant la chamade.

— Et donc, quand est-ce que nous allons faire les magasins de chevaux ? demanda-t-elle d'un ton enjoué.

— Il y a une vente, le mois prochain, à laquelle j'aimerais participer, répondit sa tante. Je ne vous promets pas que l'on trouvera ce qu'on cherche, mais ça vaut la peine d'aller y jeter un œil.

— On pourrait prendre des poneys de polo ? suggéra Clara en échangeant un regard inspiré avec sa cousine. Oh, ce serait vraiment formidable de réhabiliter notre terrain de polo, s'emballa-t-elle. Si tu achetais des jeunes chevaux prometteurs, je pourrais les entraîner pour que tu les revendes à profit par la suite. Le ranch deviendrait un centre d'entraînement de polo en plus d'un refuge.

— Non, je ne veux pas de jeunes, la contredit promptement Lizzie. Ni entendre parler de projets insensés. Nous avons juste besoin de chevaux de race fiables et dociles pour nos clients, et par pitié, Kate, ne lance pas d'appel sur le blog.

— J'ai toujours eu un faible pour les Arabes, s'enthousiasma cette dernière. J'aimerais tant en avoir un alezan avec quatre balzanes blanches. Je l'appellerais Flamme.

Au son de la voix de Kate, Coco tendit les oreilles en arrière. La jeune fille le caressa pour le rassurer.

— Aucun cheval ne pourra jamais rivaliser avec toi, lui promit-elle.

Le sentier se mit à descendre et elles aperçurent au-dessous d'elles le ranch entouré de champs dénudés. Dès qu'il comprit qu'il rentrait, Coco dressa les oreilles et accéléra.

— C'est bien qu'il prenne de l'assurance dehors, mais veille à le contrôler, l'avertit Lizzie. Fais lui faire un demi-arrêt pour vérifier son allure et rappelle-lui que c'est toi qui commandes.

Kate utilisa ses jambes et ses mains jusqu'à ce que Coco raccourcisse sa foulée.

— Bien, la félicita sa tante. Il t'écoute vraiment. Vous formez une superbe équipe !

Une fois de retour, Kate épongea Coco et ne cessa de le couvrir d'éloges.

— Je n'arrive pas à croire que tu apprennes aussi vite, lui dit-elle. Tu dois être le poney le plus intelligent de toute la planète.

Elle déposa un baiser sur le bout de son nez, puis alla ranger son harnachement.

Quand elle atteignit l'entrée de l'écurie, elle entendit des sabots claquer et s'écarta du passage. Lizzie apparut sur le seuil, tenant Neema et Espoir au bout d'une longe. Clara les rejoignit, les bras chargés de matériel équestre.

— Vous savez, nous pourrions monter Neema, maintenant qu'Espoir est prête à être sevrée, observa-t-elle.

Lizzie s'arrêta.

— Je me suis justement fait la même réflexion, aujourd'hui, approuva-t-elle.

— Neema était un cheval de monte avant, non ? demanda Kate.

Lizzie acquiesça.

— Oui, mais elle a tout de même besoin qu'on la dresse encore un peu.

Ne supportant pas de devoir rester immobile, Espoir se mit à caracoler sur place.

— Je suis sûre que Neema sera soulagée d'être séparée de sa fille, dit Clara en souriant. Et Nando pourra reprendre sa retraite, tout le monde y gagnera !

D'un coup sec, Espoir arracha la longe des mains de Lizzie et la prit entre ses dents. Elle fouetta l'air de la queue, puis trotta jusqu'au portail situé à l'autre extrémité de la cour.

— J'imagine que c'est sa façon de me faire comprendre qu'elle est bien décidée à aller au paddock, que je l'y accompagne ou non, plaisanta Lizzie en s'éloignant rapidement à la suite de la pouliche.

Après avoir rangé le harnachement de Coco, Kate lui apporta un biscuit.

— Bisous, dit-elle.

Coco tendit la tête et souffla légèrement dans le creux de son oreille.

— Ça chatouille !

Kate enlaça le poney.

— Tu sais, même si Lizzie avait un million de livres à dépenser à cette vente de chevaux, ça ne changerait absolument rien. Jamais je ne voudrais d'autres poneys que toi. Jamais.

Chapitre 8

— Dis-moi ce que tu ne comprends pas, et je t'expliquerai, chuchota Lizzie à sa nièce tandis qu'elles s'installaient sur des chaises surélevées derrière une barrière.

Kate parcourut du regard le terrain de polo et se demanda depuis combien de temps elle n'avait pas vu de pelouse aussi verte.

— La seule chose dont je me souviens, c'est qu'il y a plein de règles.

Le premier match auquel elle avait assisté s'était également déroulé au ranch des Kirby. L'ambiance, ce soir, était néanmoins moins formelle que lors de l'événement précédent, au cours duquel Clara avait essayé d'attirer l'attention d'un dénicheur de talents. L'excitation gagna Kate lorsque la cloche sonna. *Reste tranquille,* se dit-elle. *Tu auras l'air cruche si on te voit bondir sur ton siège.* Elle examina les autres spectateurs, si calmes et élégamment vêtus. La jeune fille tira sur sa jupe et regretta de ne pas s'être un peu plus habillée. Elle ne s'était pas doutée que chacun ferait un tel effort pour un match qui avait lieu en milieu de semaine.

— Il y a beaucoup de monde, chuchota-t-elle à Lizzie.

Sa tante portait une sobre robe blanche qui épousait à merveille sa fine silhouette. Ses cheveux auburn relevés et les oreilles décorées de perles, elle était vraiment ravissante.

— Le match annuel au profit des œuvres de bienfaisance est un événement assez couru.

— Ah bon.

Kate pensa à regret à la robe Valentino qui, rangée dans son armoire, n'avait pas vu la lumière du jour depuis des mois. La vie au refuge pour chevaux ne convenait pas franchement à la haute couture. Quelle opportunité avait-elle laissé passer !

Carlos, vêtu d'une chemise rouge et de jodhpurs blancs, sa bombe coincée sous un bras, vint à leur rencontre.

— *Buenas noches,* les salua-t-il. Je suis vraiment content que vous ayez pu venir. Vous avez à boire ?

Lizzie leva la main dans laquelle elle tenait un verre de jus d'orange.

— Je ne manquerais pas un match de Clara, affirma-t-elle. Je suis impatiente de voir les progrès qu'elle a faits depuis la dernière fois.

— Tu vas en avoir l'occasion sous peu, confirma Carlos. J'espère juste que j'arriverai à être à sa hauteur.

Il adressa un clin d'œil à Kate, puis se pencha pour embrasser Lizzie sur la joue.

— Je ferais bien d'y aller. Je vous retrouve à la pause.

Lorsque les cavaliers entrèrent au galop sur le terrain, Kate se pencha en avant pour voir sa cousine. Elle chevauchait aux côtés de Tomas et, bien qu'elle paraisse petite comparée aux autres joueurs, l'expression déterminée qu'arborait son visage ne laissait pas place au doute. Elle montait un hongre alezan qui, comme les autres chevaux, semblait crouler sous le poids de son harnachement. Kate savait néanmoins que ce dernier était conçu pour contrôler et protéger les superbes animaux. Elle se demanda comment Clara parvenait à diriger les doubles rênes tout en maniant un maillet et une longue cravache. *À sa place, mon maillet serait déjà à terre ou emmêlé dans les rênes.*

Les huit joueurs prirent position au centre du terrain, les quatre chemises rouge écarlate de l'équipe de Kirby face aux chemises bleues de leurs adversaires. Soudain la balle fut lancée, et les chevaux s'élancèrent au grand galop derrière elle, leurs sabots martelant le gazon. Le numéro un de l'équipe adverse prit possession de la balle et la maintint habilement à proximité de sa monture, qui filait en direction des deux poteaux rouge et blanc délimitant le but.

— Perds la balle, perds la balle, murmura Lizzie. Oui !

Kate, qui n'avait pas réussi à suivre l'action, vit soudain Tomas, dont la chemise portait le numéro trois, galoper à travers le terrain et frapper la balle en avant. Les autres joueurs se dispersèrent et forcèrent leurs montures à encore plus accélérer pour rattraper Tomas. Alors qu'ils convergeaient tous vers la balle, la foule grommela.

— Ils n'ont pas réussi à la rattraper avant qu'elle sorte du terrain, expliqua Lizzie à sa nièce.

Les deux équipes repassèrent au trot, se regroupèrent, et la balle fut remise en jeu.

— Ça va tellement vite, je n'arrive pas à suivre tout ce qui se passe, murmura Kate.

Sa tante mit ses lunettes de soleil.

— Ne t'inquiète pas, tu t'y habitueras très vite. C'est un peu comme d'aller voir une pièce de Shakespeare. Au début, tu as l'impression qu'ils parlent javanais, et soudain, tu t'aperçois que tu comprends tout ce qu'ils disent.

Clara fit brusquement demi-tour pour aller chercher la balle, et Kate retint son souffle en la voyant glisser de cheval.

— Je ne comprends pas comment ils font pour rester en selle, avoua-t-elle.

Elle regarda sa cousine faire galoper sa monture après la balle avant même de s'être complètement redressée.

— Qui est l'autre joueur ? demanda-t-elle en indiquant du doigt le garçon à qui Clara avait passé la balle et qui portait le numéro un.

— Juan Laprida, il joue en attaque. Tu remarqueras qu'il couvre le numéro quatre de l'équipe adverse régulièrement, répondit Lizzie.

— Réexplique-moi ce que fait le numéro quatre, déjà ?

Clara portait aussi ce numéro ce soir, mais la dernière fois que Kate l'avait vue jouer, elle avait le deux.

— Le numéro quatre assure la défense. Il essaie d'empêcher l'autre équipe de marquer, la renseigna sa tante. Le numéro trois est en général le joueur le plus expérimenté, il doit savoir tirer loin et amener la balle aux numéros un et deux, ajouta-t-elle d'un ton surexcité.

Juan venait de passer la balle à Tomas, qui décocha un grand coup de maillet. La balle vola entre les poteaux du but et un tonnerre d'applaudissements jaillit de la foule.

— Bien placée, Clara, cria Lizzie la voix teintée de fierté.

Les joueurs se regroupèrent sur le terrain pour prendre possession de la balle. Le numéro deux de l'équipe adverse se détacha soudain des autres et se mit à foncer vers le but, suivi de près par Clara.

— Qu'est-ce qu'ils font ? La balle est toujours derrière, demanda Kate, perdue.

— Attends de voir.

Au moment où Lizzie parla, la balle fila à travers le terrain en direction des deux cavaliers. Avant que Clara ne l'intercepte, son adversaire se pencha au-dessus de sa selle et la frappa.

Kate maugréa en voyant la balle rouler entre les poteaux en même temps que la cloche sonnait la fin de la chukka. Les joueurs sortirent du terrain pour aller changer de poneys. Clara revint sur un hongre gris pommelé.

— Je me demande si c'est Fleur, déclara Kate lorsque le jeu reprit.

— Elle a dit qu'elle gardait Fleur pour la fin du match, lui apprit Lizzie. Je suppose qu'elle veut garder son meilleur cheval jusqu'au dernier moment pour compenser sa fatigue.

Ses yeux suivirent le numéro quatre de l'équipe opposée, qui avançait en travers du chemin de sa fille.

— Faute ! Cela mérite un penalty !

— Mais ils se coupent tous la route, dit Kate en fronçant les sourcils. Pourquoi était-ce différent, là ?

— Il galopait moins vite que Clara quand il lui est passé devant, expliqua sa tante. C'est considéré comme dangereux.

L'arbitre plaça la balle sur la pelouse à l'endroit où la faute avait été commise. Kate croisa les doigts lorsque sa cousine s'élança au galop avant de faire tournoyer son maillet en l'air et de l'envoyer dans la balle.

— Allez, Clara, s'écria-t-elle en voyant la balle voler dans les buts.

Le reste de la manche défila à toute allure et, lorsque la cloche sonna la mi-temps, Kate s'affala dans sa chaise.

— Si je me sens aussi fatiguée, je n'imagine même pas dans quel état sont les joueurs !

Elle s'éventa le visage de la main.

— Viens, lui dit Lizzie en se levant. Je suis sûre que tu n'es pas fatiguée au point de ne pas pouvoir aller voir Clara.

Elle se fraya un passage à travers la foule, s'arrêtant maintes fois pour saluer des personnes.

— Lizzie, ça me fait très plaisir de te voir. Tu ne joues pas, aujourd'hui ?

Un homme en costume crème ouvrit ses bras avant d'embrasser Lizzie sur les deux joues.

— Clara est merveilleuse sur le terrain. J'essaie de savoir de qui elle tient le plus, de son père ou de sa mère.

— Bonjour, Emilio, répondit Lizzie en souriant. Le temps où je jouais est loin derrière moi ! Je ne crois pas que tu aies rencontré ma nièce, Kate ?

— Une autre joueuse en herbe à intégrer à l'équipe Batistuta ? demanda Emilio dont les yeux bleus pétillaient.

— Non, Kate se préoccupe des chevaux délaissés. Nous sommes vraiment très fiers du travail qu'elle fait avec eux. Savais-tu que notre ranch était un refuge, maintenant ?

Emilio hocha la tête.

— J'ai lu avec un grand intérêt les articles parus sur vous dans le journal.

— Nous avons un blog, aussi, intervint Kate avant de se demander si Internet ne dépassait pas les capacités de l'homme aux cheveux blancs. Je suis sûre qu'il existe des cours d'informatique pour vous aider à nous suivre sur la Toile, ajouta-t-elle.

— Merci, je me renseignerai peut-être, répondit-il, un sourire en coin.

Un membre du comité l'appela et il s'éloigna. Lizzie passa le bras sous celui de sa nièce.

— Te rends-tu compte que tu viens de conseiller au président de l'association argentine de polo d'aller prendre des cours d'Internet ? Je le soupçonne d'être plus au fait de la technologie que tu ne le crois.

Kate sentit ses joues s'empourprer.

— Oh, non, ce que je peux être maladroite.

Sa tante rit.

— Ne t'inquiète pas trop, il est connu pour son sens de l'humour.

Quelques mètres plus loin, les chevaux se reposaient à l'ombre des arbres. Kate plaqua la main sur son front pour abriter ses yeux du soleil et chercha sa cousine.

— Je ne savais pas que tu jouais au polo, dit-elle à Lizzie.

— Seulement au niveau régional, répondit-elle. Il y avait peu d'opportunités pour les femmes de faire du polo de haut niveau à l'époque. Ça me plaisait beaucoup de pouvoir apporter mon aide en dehors du terrain, mais je suis vraiment contente que Clara ait peut-être un jour l'occasion de goûter au succès international.

Kate finit par repérer sa cousine parmi un petit groupe de personnes, qui se tenait non loin des rangées de chevaux. Carlos se trouvait à côté d'elle et avait passé un bras autour de ses épaules. Kate reconnut aussi Tomas et Juan, mais ne sut dire qui était le couple élégamment vêtu.

— Je ne crois pas que tu aies déjà rencontré Harper et Marissa Kirby ? chuchota Lizzie. Ne leur suggère juste pas de prendre des cours d'informatique, et tout ira bien.

Elles se joignirent au groupe et Lizzie félicita aussitôt l'équipe de sa performance sur le terrain.

— C'est un beau match, jusque-là, admit Clara dont les joues étaient rouges. Le but de Tomas au tout début nous a bien installés dans la partie.

Elle adressa un sourire au grand et beau jeune homme. Kate observa Tomas avaler une gorgée d'eau et eut la nette impression qu'il n'aimait pas particulièrement être pointé du doigt.

— Harper, Marissa, voici notre nièce, Kate, déclara Carlos.

— Bonjour, Kate, la salua Harper avec son accent américain traînant. Nous avons beaucoup entendu parler de toi.

— J'espère que ça ne vous a pas ôté l'envie de me rencontrer, répondit la jeune fille promptement.

Harper pencha la tête en arrière et se mit à rire à gorge déployée.

— Carlos, il faut absolument que tu invites ta femme et ta nièce à venir prendre l'apéritif, un de ces jours, décréta-t-il.

Kate constata que personne ne corrigeait Kirby qui avait désigné Lizzie comme la femme de Carlos. Elle se demanda si elle devait faire remarquer le « ex » manquant, mais jugea préférable, après sa dernière gaffe à propos d'Internet, de se taire.

Marissa tendit une main parfaitement manucurée à Kate, qui ne put s'empêcher d'arrêter son regard sur ses grosses bagues serties de diamant et de saphir. *On pourrait à coup sûr faire tourner le ranch pour les dix années à venir avec ça, elles doivent coûter une fortune.*

— Alors, que pensez-vous de notre équipe, hein ? demanda Harper à Lizzie.

— Ils me semblent tous en grande forme, répondit-elle en acceptant un verre que lui proposait un membre du personnel.

Kate prit un jus d'orange et sirota la boisson glacée.

— Carlos fait un travail formidable, ici.

Harper ne semblait pas voir qu'il s'aventurait sur un terrain sensible. En effet, Carlos avait quitté Lizzie pour venir entraîner l'équipe de Kirby. Kate jeta un coup d'œil furtif à sa tante, dont le visage ne trahissait pas la moindre gêne à l'égard de ce qui venait d'être dit. *Tante Lizzie est admirable*, pensa la jeune fille en essayant, elle aussi, d'adopter une expression de sérénité.

— Tu vas bien, Kate ? Tu as l'air bizarre, observa Clara. Tu devrais peut-être mettre un chapeau. Tu n'es pas autant habituée à la chaleur que nous.

Kate balaya l'air de la main.

— Ça va, répliqua-t-elle à la hâte.

Elle chercha rapidement un autre sujet de conversation pour que chacun cesse de la dévisager.

— Qu'avez-vous pensé de la faute dans la première chukka ? demanda-t-elle à Marissa.

— Oh, je dois avoir raté ce moment, répondit-elle en remontant ses lunettes de soleil sur son nez. Le juge a-t-il réglé le problème ?

— L'arbitre, ma chère, la corrigea son mari.

Il se tourna vers Clara et lui donna une petite tape sur l'épaule.

— Ton tir était bon. Si tu continues ainsi, il se pourrait bien qu'il y ait une place pour toi dans l'équipe senior, l'année prochaine.

Les yeux de Clara brillèrent de plaisir.

Lizzie la prit un court instant entre ses bras, puis déclara :

— Nous devrions aller nous rasseoir. Bonne chance pour la deuxième mi-temps !

— Oui, allez, les Batistuta !

Kate brandit son poing en l'air avant de prendre conscience de son erreur.

— Euh, les Kirby, je veux dire, se rattrapa-t-elle à la hâte.

Elles regagnèrent leurs places et Kate fut ravie de découvrir qu'Antonio les y attendait. Elle le trouva beau dans son costume couleur bise. Il se leva à leur approche et embrassa Lizzie.

— Tu es très jolie, la complimenta-t-il avant de se tourner vers Kate. Comment se déroule le match ?

— Super, répondit la jeune fille en s'asseyant à ses côtés. Les deux équipes ont marqué six buts chacune, donc rien n'est encore joué.

Les spectateurs applaudirent à tout rompre, et les cavaliers entrèrent sur le terrain. Clara montait un cheval noir qui devait mesurer plus de quinze paumes et dressait la tête haut. *C'est sûrement Fleur,* pensa Kate. Dès que l'arbitre lança la balle, Fleur plongea en avant et traversa le terrain à la vitesse de la lumière. Clara leva son maillet, mais un joueur de l'équipe opposée la rattrapa et l'empêcha d'achever son coup.

— Oh, pas de chance, ma puce, murmura Lizzie.

La cavalière fit faire demi-tour à son poney et s'élança à la poursuite de la balle dans la direction opposée, mais l'équipe adverse, qui avait changé de tactique, ne cessa de l'empêcher de jouer tout au long des périodes de jeu suivantes.

Carlos finit par marquer un but, plaçant son équipe en tête, mais avant que Kate ait fini d'applaudir, ses adversaires avaient déjà envoyé la balle de l'autre côté du terrain.

— Oh non, grogna Kate, au moment où le numéro deux adverse tapa d'un geste net dans la balle et l'envoya dans les buts.

La cloche sonna la fin de la chukka et les cavaliers changèrent de montures pour la dernière période. Sept partout ! Kate pressa les doigts dans le creux de ses mains, priant pour que l'équipe de Kirby gagne. Son ventre se noua lorsque, dès le début de la reprise, le numéro trois de l'équipe opposée s'empara de la balle et partit au grand galop. L'oncle de Kate le rattrapa et se servit de l'épaule de son cheval pour l'éloigner de la balle. Carlos fit demi-tour et décocha un grand coup dans la balle, qui repartit de l'autre côté du terrain. Clara parvint à se dégager et s'empara de la balle ; elle lâcha la bride à Fleur et fila à toute allure. L'espace devant les buts était dégagé, mais quand elle fit tournoyer son maillet, sa monture trébucha et elle se retrouva projetée en avant de la selle. Elle se redressa aussi vite et fit tourner Fleur, or il était trop tard : le numéro trois de l'équipe opposée avait pris la balle, une fois de plus. Tomas arriva alors à hauteur de l'adversaire et accrocha son maillet. Il décocha un revers et envoya la balle quelques mètres derrière, ce qui lui permit de faire demi-tour et d'atteindre la balle avant n'importe quel autre joueur. Kate retint sa respiration et admira Tomas en train de foncer sur le terrain, flanqué de Carlos et Juan, qui empêchaient les adversaires de leur voler la balle.

— Oui ! se réjouit-elle en faisant claquer ses mains quand Tomas envoya la balle dans le but.

Peu de temps après, la cloche sonna la fin du match.

— On a gagné ! s'exclama Kate.

Elle sauta sur ses pieds et enlaça sa tante, dont les yeux brillaient d'émotion.

— Clara est vraiment douée. Tu dois être très fière d'elle, remarqua Antonio qui s'était levé pour applaudir. Je crois que je viens d'admirer une future star !

Kate tapa dans ses mains jusqu'à en avoir mal, pendant que l'équipe de Kirby recevait une grosse coupe en argent. Marissa, en allant remettre le trophée aux vainqueurs, chancela sur ses talons de quinze centimètres qui s'enfonçaient dans la pelouse. Dès qu'elle eut passé la coupe à Carlos, elle s'éloigna rapidement des chevaux.

Ne se souciant soudain plus des bonnes manières, Kate planta ses doigts dans sa bouche et siffla de toutes ses forces. Carlos passa le trophée à Clara, qui embrassa la coupe, puis la tendit à Tomas.

Les joueurs quittèrent enfin le terrain, et Antonio se tourna vers Kate.

— Comment te débrouilles-tu avec Coco ? Lizzie m'a dit que tu le débourrais.

La jeune fille acquiesça et, ravie que le vétérinaire s'intéresse à l'animal qu'il avait aidé à secourir, se mit à parler avec fougue de l'intelligence dont faisait preuve Coco.

Quelques instants plus tard, Clara les rejoignit, les joues rougies de plaisir.

— Qu'as-tu pensé du dernier but de Tomas ? s'empressa-t-elle de demander à sa mère.

Ses yeux se posèrent alors sur Antonio. Son visage se rembrunit.

— Qui l'a invité ?

— Clara ! s'écria Lizzie. Comment oses-tu te montrer aussi impolie ?

Clara serra les lèvres.

— C'était censé être mon soir. Papa nous attend à sa table. Ça m'étonnerait qu'Antonio veuille se joindre à nous.

L'homme se leva. Il pressa gentiment le bras de Lizzie.

— Tu as raison, même si j'apprécierais de passer du temps avec vous tous, je comprends que c'est un moment important pour toi, que tu dois partager avec ta famille.

— Tu ne vas nulle part, décréta Lizzie en posant la main sur le bras d'Antonio. Tant que ma fille ne t'aura pas présenté ses excuses.

Oh, bon sang, si seulement je pouvais disparaître. Kate regarda autour d'elle pour voir si personne n'écoutait, mais hormis quelques regards curieux, la plupart des personnes faisaient la queue pour entrer sous la grande tente dans laquelle était servi le dîner. Son cœur se serra quand elle aperçut Carlos, qui se dirigeait vers eux, le visage barré d'un large sourire.

— Antonio, je suis content de te voir, dit-il en serrant la main du vétérinaire. Es-tu arrivé à temps pour voir la performance de notre brillante fille ?

Il glissa son bras autour des épaules de Lizzie.

— Je crois que nous avons fait une future championne de polo ! s'exclama-t-il.

Kate, qui observait Clara se rapprocher de Carlos et défier Antonio du regard, osait à peine respirer.

— Il faut que j'y aille, annonça le vétérinaire. Bravo, Carlos, et à toi aussi, Clara, ajouta-t-il en lui faisant un signe de tête.

Il se tourna vers Lizzie, l'air impénétrable.

— À bientôt, la salua-t-il.

Kate avait envie de lui courir après, mais ses pieds étaient comme enracinés dans la terre. Pauvre, pauvre Antonio. Elle était furieuse contre Clara.

Inconscient de la tension sous-jacente, Carlos annonça :

— Laissez-moi quelques minutes, le temps de me doucher, et ensuite nous irons dîner.

Lizzie secoua la tête.

— J'ai bien peur que nous ne puissions finalement pas rester manger, Carlos. Clara est épuisée et, comme elle a école demain, je préfère la ramener à la maison, maintenant.

Le regard étonné de Carlos glissa de Lizzie à sa fille.

— Mais…

— Je ne changerai pas d'avis, affirma Lizzie d'un ton ferme. Félicitations pour la coupe. Tu as joué merveilleusement bien, comme toujours. Allez, les filles, on y va.

Kate regagna la Jeep, la bouche sèche. Elle aurait aimé pouvoir rentrer au refuge autrement. Elle avait l'impression que la Seconde Guerre mondiale allait éclater entre Lizzie et Clara et elle n'avait manifestement pas d'armure pour se protéger.

Chapitre 9

— Je n'arrive pas à croire que tu me forces à partir comme une enfant de trois ans, siffla Clara entre ses dents alors qu'elle montait à l'avant de la voiture.

Lizzie fit marche arrière.

— Une enfant de trois ans se serait mieux comportée, répliqua-t-elle sèchement.

— Tu m'as carrément humiliée. Et si Tomas t'avait vue ?

Clara couvrit son visage de ses mains.

— N'en rajoute pas, se fâcha sa mère. Tu t'es humiliée toute seule. Ton attitude envers Antonio dépassait l'entendement. Je n'ai jamais eu aussi honte de toi de toute ma vie. Il était mon invité et celui de ton père. Si Carlos savait à quel point tu t'es montrée impolie, il serait furieux ! Tu iras t'excuser auprès d'Antonio, et ce, dès demain.

— Il en est hors de question, affirma Clara en redressant la tête. J'en ai marre de le voir tout le temps traîner dans tes jambes.

— Ne parle pas de lui comme si c'était un chien.

Lizzie fit craquer une vitesse.

— C'est un très bon ami, et je ne supporterai pas plus longtemps ton manque de correction.

Kate regardait lamentablement le paysage qui défilait par la fenêtre. Elle croyait jusqu'à présent que sa cousine avait fini par accepter la relation entre sa mère et Antonio.

— C'est tellement injuste envers papa, poursuivit Clara, la voix chevrotante. Il ne voit personne d'autre, lui. Il fait peut-être bonne figure devant toi et Antonio, mais je parie qu'au fond de lui ça le tue !

Lizzie s'engagea dans l'allée du ranch et mit un moment avant de répondre.

— Clara, finit-elle par dire en soupirant, nous en avons déjà parlé des centaines de fois. Ton père et moi sommes divorcés et, même si cela a pris du temps, nous sommes maintenant capables de nous entendre et de parler amicalement de tout ce qui te concerne. Rien ne pourra jamais changer le fait que tu es notre fille et que nous sommes incroyablement fiers de toi. Mais nous ne sommes pas que des parents, nous sommes des personnes aussi, et tu dois comprendre qu'au-delà de ton éducation, nous avons tous deux d'autres choses à vivre.

Kate était convaincue que la digne réponse de sa tante allait faire changer sa cousine d'avis, or dès que la voiture s'arrêta, Clara ouvrit brutalement sa portière.

— Tu gâches tout ! cria-t-elle avant de s'élancer vers la maison.

Kate plaqua la main sur sa bouche. Sa cousine était allée trop loin, cette fois-ci.

Lizzie ferma les yeux et se mit à se masser lentement les tempes. Ne sachant que faire, Kate se pencha et prit sa tante entre ses bras.

— Merci, ma puce, dit Lizzie, la voix tremblante. J'ai besoin de prendre une minute ou deux avant de rentrer. Ça t'embêterait d'aller jeter un dernier coup d'œil aux chevaux, à ma place ?

Comprenant que sa tante avait besoin de rester un peu seule, la jeune fille se glissa hors de la voiture et gagna le paddock, le cœur lourd. Comment une soirée aussi parfaite pouvait-elle si vite se gâter ? Elle s'appuya contre le portail et observa les chevaux. Hutch somnolait à l'ombre de l'arbre planté au centre du champ, à côté de Sanchez et Belle. Manouche, Cohete et Coco étaient agglutinés autour de la mangeoire, où ils mangeaient du foin, et Nando et Espoir se toilettaient l'un l'autre, un peu plus loin. Coco leva les yeux en direction de la jeune fille et poussa un doux hennissement. Il agita la queue, puis s'approcha d'elle.

Une voix basse et masculine parla soudain près de l'oreille de Kate.

— Vous êtes ravissante. Vous venez souvent ici ?

La jeune fille se retourna et enlaça Luis, cherchant du réconfort dans son étreinte.

— Je viens de vérifier la quantité d'eau qu'il reste dans la cour, l'informa-t-il. Nous allons devoir en ramener demain.

Il dégagea une mèche de cheveux qui barrait le visage de sa petite amie.

— La sécheresse inquiète beaucoup papa. Il dit que dans ces conditions, si un feu se déclare, on ne pourra pas l'arrêter. Je crois que ça le soulagerait si nous stockions plus d'eau dans la cour.

— Mais il n'y aucune raison pour que la cour prenne feu, non ? Tu n'as pas d'essence ou d'autre matière inflammable dans l'atelier ? demanda Kate.

Coco atteignit le portail et intercala sa tête entre les deux jeunes gens. Kate sourit et porta son attention sur le poney. Elle ôta une bardane qui s'était accrochée dans son toupet.

— Non, il n'y a aucun matériau dangereux à proximité de la cour, la rassura Luis.

Il leva les yeux vers l'horizon dans lequel se mêlaient des teintes de jaune, d'orange et de rouge.

— Et je suis sûr que personne ne sera assez stupide pour allumer un feu par ce temps, ajouta-t-il. Une seule mauvaise bourrasque de vent, et toute la montagne serait en flammes.

Malgré la chaleur, Kate frissonna. Elle pensa à Luna et ses chiots, qui étaient livrés à eux-mêmes là-haut, et dont personne ne se souciait. Que leur arriverait-il si un incendie se déclarait ? Elle s'efforça d'écarter cette pensée de son esprit. Il y avait actuellement déjà assez de problèmes à régler, ce n'était pas la peine d'essayer d'en résoudre des imaginaires.

— Heureusement qu'on est vendredi, dit Kate en déposant son plateau sur une table.

La cantine du lycée était noire de monde. Grâce à l'air conditionné, il faisait plus frais à l'intérieur que dehors et, au lieu de sortir dès qu'ils avaient fini de manger, une grande partie des élèves préféraient rester à leur table.

Julia était parvenue à leur en trouver une près d'une fenêtre, qui avait vue sur la fontaine. Si elle n'avait pas risqué de se faire exclure, Kate aurait été fortement tentée d'aller se plonger dedans.

La jeune fille porta à sa bouche une fourchette de pâtes aux lardons et au fromage avant de se décaler pour laisser Clara et son amie, Liliana, s'asseoir avec elles. Elle avait à peine adressé la parole à sa cousine depuis la dispute qui avait éclaté quelques jours plus tôt, et plus le temps passait, plus il lui était difficile de briser le silence. En dehors des repas et de l'entretien des écuries, Clara n'était quasiment pas sortie de sa chambre. Lizzie aussi avait été silencieuse et, d'après ce qu'avait compris Kate, elle n'avait pas eu le moindre contact avec Antonio depuis le match de polo.

Clara avait les yeux rivés sur son assiette et ne cessait de remuer sa salade au poulet, qu'elle ne mangeait cependant pas. Kate ne se faisait aucune illusion quant à la raison pour laquelle sa cousine l'avait rejointe à la cantine. S'il y avait eu une autre table de libre, elle s'y serait assise.

— Qu'est-ce que vous faites, ce week-end ? demanda Louisa d'un ton un peu trop enjoué.

— Je vais aux chutes d'Iguazú avec mes parents, annonça Liliana. Nous allons passer le week-end à l'hôtel Sheraton Iguazú, qui a un accès direct aux cascades. Ce doit être l'un des seuls endroits où, en ce moment, nous sommes sûrs d'avoir de l'eau !

— Un couple vient faire une randonnée équestre, samedi matin, déclara Kate. Et je vais continuer à dresser Coco dans l'après-midi.

— C'est le poney qui a vécu dans un cirque, non ? l'interrogea Liliana.

Kate acquiesça d'un mouvement de tête.

— Oui, et comme il sait très bien balayer, je pense que je vais essayer de lui demander de m'aider à nettoyer les stalles inoccupées de l'écurie. Nous aimerions acquérir d'autres chevaux ; du coup, il faut absolument qu'on dégage de la place !

Julia donna un petit coup de coude à Clara.

— Tu n'as jamais fait allusion aux nouveaux poneys. Quand allez-vous les chercher ?

Clara haussa les épaules.

— C'est ma mère qui s'occupe de ça. Ça m'étonnerait qu'elle vienne me demander mon avis.

Kate plissa les yeux. Il était grand temps que sa cousine arrête de s'apitoyer sur son sort. Elle prit son inspiration avant de lui dire de se ressaisir, lorsque Sina se pencha par-dessus la table située face à la leur.

— Si tu ne sais pas quoi faire ce week-end, tu peux toujours venir faire un tour de moto avec nous.

Kate le fusilla du regard, sachant qu'il prenait grand plaisir à énerver Elena, qui se trouvait à ses côtés.

— Si vous allez faire de la moto, évitez les chemins derrière le ranch, répondit-elle. La dernière chose dont Lizzie a besoin est de vous voir aller et venir à toute berzingue pendant qu'elle dirige une randonnée à cheval.

— Il n'y aura pas de place pour Kate sur ta moto, intervint Elena. Tu m'as promis que je pourrais venir avec vous.

Sina esquissa un sourire.

— Je croyais que tu allais faire les magasins.

— J'ai le droit de changer d'avis, non ?

Elena se mit à marteler la table du bout de ses ongles parfaitement manucurés.

— Il est temps que je comprenne pourquoi ces sorties à moto te fascinent tant, ajouta-t-elle.

— D'accord, concéda Sina. On peut dire que c'est un rencard, même si tu devras supporter Ricardo et Joaquin.

— Ça me va, approuva Elena en se levant. Allez, viens, accompagne-moi à ma salle de classe.

Dès qu'ils ne furent plus à portée de voix, Julia fit un large sourire à Kate.

— Eh bien, si tu comptais accepter l'invitation de Sina, on vient de te faire très clairement comprendre qu'il n'était pas libre.

Kate roula les yeux.

— Comment pourrais-je vouloir me balader en montagne à moto alors que je peux le faire à cheval ?

Elle finit ses pâtes et constata que Clara n'avait avalé que la moitié de sa salade. La cloche annonçant la fin de la pause sonna, et sa cousine enfila son sac sur ses épaules, puis se leva.

— Clara, attends, dit Kate en courant après elle. Tu ne crois pas qu'il serait temps de te réconcilier avec ta mère ?

La jeune fille décida d'aller droit au but :

— Tu es malheureuse, ça se voit, et l'ambiance à la maison ne profite à personne. Nous avons déjà l'air conditionné pour faire baisser la température. Vous n'avez pas besoin de jeter un froid supplémentaire.

Elle crut, l'espace d'un instant, que sa cousine allait l'ignorer, mais Clara finit par répondre :

— Je suis désolée, j'imagine que ce n'est pas très drôle pour toi de te trouver prise au milieu de tout ça.

Le moral de Kate remonta jusqu'à ce que sa cousine reprenne la parole.

— Mais je ne suis pas prête à me réconcilier avec maman tout de suite. Car tant que les choses sont ainsi entre nous, au moins, elle n'est pas tout le temps fourrée avec Antonio.

Kate ouvrit la bouche, mais se trouva pour une fois à court d'argument.

— C'est vraiment injuste, parvint-elle enfin à répondre. Tu n'as pas sérieusement l'intention d'empêcher ta mère d'être heureuse ?

— Non, admit Clara en soupirant. Mais je compte bien l'aider à prendre conscience qu'elle ne sera réellement heureuse que lorsque nous reformerons une vraie famille. Dans laquelle, bien sûr, je te compte, ajouta-t-elle avec un sourire forcé.

— Je ne suis pas certaine que la vision que j'ai de nous formant une grande et heureuse famille soit la même que la tienne, répliqua Kate, alors que sa cousine s'éloignait déjà dans la direction opposée.

Il y a des fois où je me demande franchement si nous avons réellement des gènes en commun.

Kate était en train d'enfiler ses bottes quand Lizzie se gara devant la maison. La jeune fille trouva que sa tante, qui déchargeait des sacs de courses du coffre de la Jeep, avait l'air épuisée.

— Je vais te remplacer aux écuries, ce soir, lui proposa-t-elle.

Elle omit de lui dire que Clara avait disparu dans sa chambre et qu'il était peu probable qu'elle en sorte. Si Lizzie l'apprenait, elle déclinerait certainement sa proposition.

— Tu es un ange, la remercia-t-elle d'un ton reconnaissant. Je descendrai voir comment tu t'en sors tout à l'heure.

Kate la salua de la main et prit le chemin de l'arrière-cour. Les chevaux regardaient tous par-dessus la porte de leur box d'un air impatient. Sachant que la journée du lendemain allait être chargée, la jeune fille décida de tout faire ce soir. *Je vais panser tous les poneys, à part ceux qu'on monte demain, puisqu'il faudra les brosser le matin*, planifia-t-elle tout en dosant les rations du soir.

— Tu as besoin d'un coup de main ? proposa Luis qui arrivait. Pour une fois, je n'ai pas de vélo à réparer.

Kate accepta volontiers l'offre du garçon et lui demanda de donner leur repas aux chevaux pendant qu'elle commençait à nettoyer les boxes. Après avoir distribué tous les seaux, Luis alla chercher une fourche et une brouette, puis accompagna Kate dans son travail.

— Ça s'est arrangé entre Clara et Lizzie ? demanda-t-il tout en soulevant une couche de litière souillée.

La jeune fille secoua la tête.

— Si seulement Clara se mettait à la place de sa mère, mais on dirait qu'elle aime avoir des œillères.

Luis réfléchit quelques instants.

— On se sert d'œillères pour empêcher les chevaux d'être distraits et pour les protéger, ainsi que les personnes qui travaillent avec eux. Peut-être que Clara s'interdit délibérément d'élargir sa vision des choses pour les protéger, elle et sa mère. Ça n'a pas dû être facile de vivre le départ de Carlos et la quasi-perte du ranch.

Kate le dévisagea.

— Pourquoi n'y avais-je pas pensé ? Elle a peur d'avoir à surmonter un autre échec, si Lizzie s'engage sérieusement avec Antonio, mais que ça ne marche pas entre eux.

— Je ne suis pas certain que ce soit aussi simple, répondit Luis. Mais j'imagine qu'il y a certainement un peu de ça dans sa tête.

La jeune fille se mit à réfléchir aux paroles de son ami, tandis qu'ils continuaient à nettoyer les boxes. Elle n'avait jusque-là jamais réalisé que sa cousine pouvait être à ce point vulnérable.

— Qu'est-ce qu'on fait, maintenant, chef ? demanda Luis quand ils eurent fini.

— Il faut panser les chevaux, sauf Sanchez, Coco, Belle et Cohete.

Le garçon fit un salut militaire, puis alla chercher deux kits de pansage. Le visage fendu d'un large sourire,

Kate mena Hutch dans la cour et l'y attacha pour Luis. Elle retourna dans l'écurie chercher Espoir, qui remonta l'allée à ses côtés en bondissant. Quand elle ressortit dans la cour, la jeune fille s'esclaffa en voyant la tête que faisait Luis.

— J'ai comme l'impression que l'un de nous deux a tiré la courte paille, commenta-t-il, regardant tour à tour l'immense Hutch et la minuscule Espoir.

— On fait la course, le défia Kate en s'emparant d'une brosse. Sers-toi de la brosse douce pour masser Hutch, ne te contente pas de lui lisser le poil. C'est un moyen efficace pour tonifier ses muscles et compenser le manque d'exercice.

Luis fit descendre la brosse le long de l'épaule du cheval, en appuyant fermement dessus.

— Depuis quand l'élève joue-t-elle les professeurs ? plaisanta-t-il avant d'ajouter plus sérieusement : Quand tu es arrivée, je me suis dit que tu n'allais pas tenir plus de cinq minutes avant de prendre tes jambes à ton cou. Je n'aurais jamais pensé que tu t'intégrerais aussi bien. On dirait que tu as toujours vécu ici.

Kate se sentit agréablement flattée.

— Tant que tu ne t'ennuies pas avec moi, dit-elle d'un ton léger.

Luis rit.

— Il y a beaucoup de mots qui pourraient te décrire, mais certainement pas ennuyeuse.

— C'est vrai ? Et comment me décrirais-tu, alors ? demanda Kate en battant des cils.

— Que penses-tu d'autoritaire ? plaisanta Luis.

Espoir fouailla de la queue et tapa le sol d'un de ses postérieurs lorsque la brosse glissa sur son ventre, mais resta néanmoins tranquille le reste du temps. Quand Kate eut fini, elle félicita la pouliche de sa bonne conduite, puis la mena au paddock avec Coco. Les deux chevaux galopèrent sur le terrain sec, soulevant un nuage de poussière.

— Vous détruisez tout mon travail ! leur cria la jeune fille.

Elle rejoignit l'arrière-cour et alla chercher Manouche qu'elle attacha à côté de Hutch.

— Ce que tu peux être lent, se moqua-t-elle de Luis.

Manouche ferma les yeux et poussa un soupir en sentant la brosse glisser sur sa robe. Kate se demanda si la jument regrettait l'époque où elle jouait au polo et où on devait être beaucoup plus aux petits soins pour elle.

— Pétillante, murmura-t-elle.

C'était le nom que portait Manouche quand elle était célèbre. Les oreilles de la jument vacillèrent à ce son. Kate savait, cependant, que s'il arrivait au poney de regretter ses jours de gloire, il n'aurait pas pu trouver meilleur endroit où passer sa retraite.

— J'ai fini, déclara Luis en s'étirant. J'avais oublié que s'occuper des chevaux exigeait autant de travail.

— Au tour de Nando, maintenant, lui rappela Kate.

— Je ne savais pas que tu pouvais te montrer aussi dure, se plaignit le garçon.

Il détacha Hutch et le mena au paddock.

Ils finissaient juste de panser Nando et Neema, lorsque Lizzie pénétra dans la cour, un verre de limonade à la main.

— Je suis désolée, Luis, déclara-t-elle. Je ne savais pas que tu étais là, sinon je t'en aurais aussi apporté un.

— Il peut boire dans le mien, affirma Kate.

La jeune fille, qui se sentait transpirante et poussiéreuse, accepta avec plaisir le verre que lui tendait sa tante. Elle en but la moitié, puis le passa à Luis, qui vida le reste de limonade rapidement.

— Il faut que j'y aille, annonça-t-il, enfin si tu peux te passer de moi, ajouta-t-il, les yeux pétillants de malice.

— Je crois que je devrais m'en sortir, répondit Kate.

Elle comprit à la façon insistante dont le jeune homme regardait ses lèvres qu'il avait envie de l'embrasser, mais n'osait pas devant Lizzie. À la place, il lui ébouriffa les cheveux, puis partit en direction de l'annexe.

— Il est vraiment gentil, commenta sa tante en regardant Luis passer sous l'arcade. Ça me fait plaisir de voir que vous vous entendez aussi bien.

Kate, qui se sentit rougir, se mit à détacher les chevaux pour cacher son trouble.

— Mais ce n'est pas la peine de trop s'engager quand on est jeunes comme vous, poursuivit Lizzie.

Oh, bon sang, pensa Kate qui eut soudain chaud puis froid. *Mais où veut-elle en venir ?*

— On a eu un cours sur les relations humaines, aujourd'hui au lycée, bafouilla-t-elle. Ils nous ont parlé de plein de trucs. J'imagine que c'est pour permettre aux parents de ne pas se sentir obligés de le faire.

Sa tante fronça d'abord les sourcils, puis explosa de rire.

— Oh, Kate ! s'exclama-t-elle en faisant rebondir ses mains sur ses joues. Tu es trop drôle !

La jeune fille avait beau ne pas comprendre ce qui pouvait autant amuser sa tante, elle avait au moins le mérite d'être apparemment parvenue à lui faire oublier le sujet initial de la conversation.

— À propos de relations, se lança-t-elle en tendant la longe de Nando à Lizzie, qu'as-tu l'intention de faire avec Clara ?

Lizzie fit claquer sa langue pour réveiller Nando, qui s'était assoupi.

— Nous avons eu une longue discussion pendant que je rangeais les courses, révéla-t-elle. Et j'ai compris à quel point le divorce avait touché Clara. Le mieux que je puisse faire pour le moment est d'arrêter de voir Antonio.

Kate la dévisagea, n'éprouvant soudain plus aucune empathie envers sa cousine.

— Tu n'es pas sérieuse ? Tu ne peux pas mettre ta vie entre parenthèses pour Clara. Et si elle n'avait toujours pas accepté le divorce dans un, deux ou trois ans ?

— Quand tu es mère, tes enfants passent toujours d'abord, répondit Lizzie calmement.

Elle ouvrit le portail du paddock et défit le licol de Nando.

— Et quand tu es tante, tes nièces, ajouta-t-elle en esquissant un sourire.

Kate relâcha Neema et la regarda trotter jusqu'à Espoir pour la câliner. C'était pareil chaque fois : la pouliche pouvait passer des heures à embêter la jument, dès qu'il fallait s'en occuper ou la protéger, sa mère était toujours là. Pourquoi serait-ce différent chez les humains ?

Une fois les filets à foin remplis et les rations du lendemain matin préparées, Kate avait mal partout. Elle laissa Lizzie et Rafael qui finissaient de nettoyer les harnachements en écoutant un match de polo à la radio.

Impatiente de se doucher, la jeune fille prit le chemin de la maison, l'esprit occupé par les sentiments contradictoires qu'elle éprouvait pour Clara. D'un côté, elle lui en voulait beaucoup de s'être interposée entre Lizzie et Antonio, mais d'un autre, elle la plaignait terriblement. *Je ne vis peut-être pas avec papa et maman, mais au moins, je sais qu'ils sont ensemble. Quelle serait ma réaction s'ils se séparaient ?* Sa vie tout entière serait chamboulée, reconnut-elle.

Elle décréta que sa douche pouvait attendre et gagna la cuisine. Elle versa dans le mixeur une banane, du miel et un yaourt à la vanille, puis mélangea le tout pour obtenir un smoothie. Elle plaça sur une assiette deux biscuits maison faits par Santa, puis partit retrouver sa cousine, qui écoutait son iPod, allongée sur son lit.

— Tiens, j'ai pensé que ça te ferait peut-être envie, déclara Kate en posant le verre et l'assiette sur la table de chevet.

Clara se redressa et sortit ses écouteurs de ses oreilles. Elle observa les vêtements sales de Kate et prit une profonde inspiration.

— Je suis vraiment désolée, je comptais venir t'aider, je n'ai pas vu l'heure passer.

Kate haussa les sourcils.

— Vraiment ?

Clara se mordit la lèvre.

— Non, en fait. J'ai discuté avec maman et, après, je suis montée, j'avais besoin de réfléchir. Ça m'embête quand même que tu aies été obligée de te taper tout le travail.

Kate s'assit au pied du lit.

— Je n'étais pas obligée de tout me taper, rectifia-t-elle d'un ton sec. C'est moi qui ai proposé à ta mère de m'en charger. Elle a l'air de se faire beaucoup de souci en ce moment, et pour une fois, ce n'est pas à cause de moi.

Les épaules de Clara s'affaissèrent.

— Je sais, soupira-t-elle, en tirant sur un fil qui dépassait de son oreiller.

Kate se demanda si sa cousine allait lui faire part de la décision de sa mère concernant Antonio, mais comme le silence s'installait entre elles, elle comprit que Clara préférait garder la nouvelle pour elle.

— Et sinon, dit finalement Kate qui avait choisi de parler des poneys pour rester en terrain sûr, tu penses que Coco va s'en sortir demain si on lui en demande un peu plus ?

Clara leva les yeux, et les plis qui lui barraient le front disparurent à mesure qu'elle se détendait.

— Oui, j'en suis convaincue, répondit-elle. Il apprend tellement vite, d'autant plus qu'il te fait confiance. Je ne suis pas certaine qu'il progresserait aussi vite si quelqu'un d'autre le montait.

Spontanément, Kate se pencha pour serrer sa cousine entre ses bras.

— Merci, dit-elle. Ça me fait vraiment plaisir de t'entendre dire ça.

Clara sourit, mais ses yeux s'assombrirent.

— Pour une fois que je dis ce qu'il faut.

— Ça faisait longtemps, en effet, constata Kate.

Elles éclatèrent soudain de rire. Clara fit une grimace.

— Répète un peu pour voir, plaisanta-t-elle.

Chapitre 10

Le matin suivant, Kate dormit plus tard que prévu. Sachant néanmoins que tout avait été fait la veille aux écuries, elle ne se précipita pas. Quand elle descendit à la cuisine, Santa faisait frire du bacon.

— J'allais justement t'appeler, déclara la petite femme. Je t'ai préparé un sandwich au bacon – une jeune fille spéciale a droit à un petit déjeuner spécial. Lizzie m'a raconté tout ce que tu faisais pour l'aider. Tu es bonne, Kate.

La jeune fille s'assit à table, essayant de cacher son contentement. On lui avait fait plus de compliments en l'espace de deux jours qu'au cours des douze derniers mois. La nouvelle année semblait avoir ouvert la voie à une nouvelle et meilleure Kate Sommers.

— Merci, Santa.

Kate mordit dans le sandwich et en savoura le goût salé.

— Où sont-ils tous passés ? demanda-t-elle.

— Rafael et Luis ont commencé à vider les stalles inoccupées, lui apprit Santa. Et Clara aide sa mère à préparer les chevaux pour la randonnée de dix heures.

Se sentant soudain tenue à l'écart, Kate se dépêcha de finir son petit déjeuner, elle lava son assiette, puis gagna l'arrière-cour.

Sa cousine et sa tante avaient attaché Belle et Cohete à l'ombre et leur dispensaient un pansage minutieux. Coco, qui les observait avec intérêt, poussa un long hennissement dès qu'il aperçut Kate.

— On dirait qu'il te demande si vous allez sortir, vous aussi, plaisanta Clara qui nettoyait sa brosse douce en la frottant contre une étrille.

Soulagée de constater que sa cousine était de bonne humeur, Kate alla embrasser rapidement Coco.

— Bonjour, le salua-t-elle. Tu as bien dormi ?

Elle exerçait le hongre à hocher la tête dès que sa voix montait à la fin d'une phrase interrogative. En effet, après son signal, Coco agita la tête de haut en bas.

— C'est bien, mon beau, s'esclaffa Kate en offrant à l'animal un biscuit.

Des bruits étouffés, provenant de l'écurie, parvinrent aux oreilles de la jeune fille, qui décida d'aller voir ce qui s'y tramait. Elle trouva Luis et Rafael, occupés à vider le bric-à-brac accumulé dans les stalles inoccupées.

— Nous allons tout déplacer dans l'autre écurie, on fera le tri après, lui expliqua Luis en passant un bras sur son front. Il y a pas mal de choses dont nous allons pouvoir nous débarrasser.

Kate attrapa un petit tricycle rose, qui avait sans nul doute appartenu à Clara.

— Nous devrions organiser un vide-greniers, suggéra-t-elle. Ne dit-on pas que les déchets des uns sont les trésors des autres ?

Rafael sortit de la stalle, un lampadaire dans une main et une chaise cassée dans l'autre.

— Il y a plein de poussière là-dedans, prévint-il Kate qui attacha son foulard autour de ses cheveux.

— Je vais aller chercher une brouette pour transporter les petits objets, proposa-t-elle.

— Je t'en rapporte une dans une minute, répondit Clara qui venait de pénétrer dans l'écurie.

Elle ouvrit la porte de Sanchez, le mena dans la cour, puis revint quelques instants plus tard avec une brouette.

Kate entendit les chevaux s'éloigner du ranch et espéra que les clients seraient satisfaits de la randonnée. Le bouche-à-oreille comptait tellement.

La jeune fille poussa la brouette vers la stalle la plus proche et s'arrêta au passage pour saluer Espoir, qui guettait d'un air curieux par-dessus sa porte.

— Je parie que tu aimerais sortir fouiner, dit Kate.

Elle pénétra dans l'une des stalles qui servaient de débarras et se mit à charger la brouette d'un tas de fouillis. Elle attrapa une pile de vieux disques et éternua.

— Je me demande depuis combien de temps tous ces trucs sont là.

Une fois la brouette remplie, elle remonta l'allée de l'écurie et sortit dans la cour. Coco hennit dans sa direction et hocha la tête, faisant ainsi rebondir sa crinière.

— Tu t'ennuies ? devina Kate.

Coco était si intelligent, elle n'était pas étonnée qu'il supporte mal de rester longtemps dans son box sans bouger. Incapable de résister, la jeune fille ouvrit les verrous fixés sur sa porte.

— Viens, lui dit-elle. Tu pourras balayer derrière moi.

Le poney la suivit dans l'écurie, s'arrêta pour dire bonjour à Hutch, puis la rejoignit au trot.

Ils croisèrent Rafael, une valise en cuir dans chaque main.

— Que fait ce poney, ici ? grommela-t-il. Tu le traites comme un chien, c'est un cheval, je te rappelle. Tu vas le perturber.

Luis sortit de la stalle, les bras chargés de vieux manteaux.

— Un cheval qui ramasse le linge propre est difficilement perturbé, commenta-t-il en faisant un clin d'œil à Kate.

— Tiens, Coco, porte ça, ordonna-t-elle alors en tendant un sac à main au hongre.

Elle pouffa de rire en le voyant attraper le sac entre ses dents. Il la suivit dehors, l'air grave, puis déposa l'objet sur le tas de vieilleries qui grossissait à vue d'œil.

Deux heures plus tard, les deux stalles qui avaient servi de débarras étaient vides, et le fatras d'objets avait été déplacé dans l'écurie adjacente. Kate caressa Coco et lui offrit un biscuit pour le remercier de son aide. Elle le reconduisit dans son box, puis rejoignit les autres dans le jardin de Santa et Rafael.

— Tiens, dit Luis en lui passant un verre de jus d'orange et un muffin tout juste sorti du four.

Kate accueillit volontiers l'encas, s'apercevant soudain qu'elle était affamée et assoiffée. Alors qu'elle s'apprêtait à prendre un second gâteau, Santa sortit de la maison d'un pas précipité en agitant les mains. Elle se mit à parler à toute vitesse en espagnol.

— Il va pleuvoir ? l'interrogea Kate, les sourcils froncés. C'est ce que vous avez dit ?

— *Si, si,* confirma Santa.

Elle força la jeune fille à se lever, la prit dans ses bras et la fit tourner.

— Je viens de l'entendre aux informations, reprit-elle en anglais. Ils affirment que la pluie arrive. Ce n'est pas merveilleux ?

— C'est génial, se réjouit Kate.

Elle embrassa Santa, puis tapa dans la main de Clara.

Rafael se leva.

— Nous devrions aller tester la citerne, dit-il à l'intention de Luis. Je voudrais m'assurer qu'il n'y a plus aucune fêlure avant qu'il pleuve.

— Je vais aller chercher un bidon d'eau, approuva le garçon.

— On peut venir, nous aussi ? demanda Kate.

Elle se rapprocha de sa cousine et chuchota :

— Je te montrerai les chiots.

— Oui, mais seulement si vous êtes prêtes à partir tout de suite, répondit Rafael.

Malgré le calme apparent de l'homme, Kate savait qu'au fond cette nouvelle le réjouissait tout autant qu'eux.

— Je n'en ai que pour une minute, promit-elle.

Elle courut jusqu'à la maison, remplit une bouteille d'eau, puis s'empara d'un récipient en plastique, dans lequel elle mit tous les restes qu'elle put trouver dans le réfrigérateur. Elle fourra la bouteille et la boîte sous son tee-shirt, regagna la cour à toute allure et grimpa à l'arrière du camion, où Clara était déjà installée.

— En route ! cria-t-elle.

Elle cogna contre le toit de la cabine du conducteur et s'agrippa à la poignée de maintien.

Ils s'engagèrent en cahotant sur le chemin de la citerne, soulevant un nuage de poussière sur leur passage. Quelques mètres plus loin, ils croisèrent Lizzie et ses deux clients. Kate reconnut le couple d'Irlandais qui était déjà venu au ranch pour faire une randonnée équestre, mais ne parvint pas à se souvenir de leurs noms. Elle les salua de la main, puis se pencha pardessus le coffre ouvert du camion.

— Il va pleuvoir, Tante Lizzie ! Youhou !

Clara roula les yeux.

— Bien joué, Kate. Tous les efforts de maman pour nous présenter comme un centre équestre professionnel viennent d'être anéantis en un quart de seconde.

Dès que le camion se gara au bord du canyon qui surplombait la limite des arbres, les deux cousines sautèrent du coffre. Luis fit le tour du véhicule pour récupérer le bidon d'eau qu'ils comptaient verser dans la citerne pour vérifier son état.

— Vous avez dix minutes, pas plus, dit-il à l'intention de Kate. Et ne vous approchez pas des chiens.

— Comment as-tu deviné ? s'étonna-t-elle.

— Parce que d'une, je te connais assez pour savoir qu'aller voir une citerne d'eau vide n'est pas franchement du genre à t'amuser, et de deux, parce que si ces bosses ne cachent pas de la nourriture, alors tu as intérêt d'aller consulter un médecin au plus vite.

Luis désigna d'un mouvement de tête le tee-shirt de Kate, qui ne parvenait pas franchement à dissimuler la bouteille et le récipient en plastique.

— Vous feriez mieux de disparaître immédiatement avant que Rafael ne vous démasque, lui aussi. Je doute qu'il vous laisserait partir.

Tandis qu'elles s'éloignaient à la hâte du camion, Clara marmonna :

— Luis n'a pas l'air très rassuré à l'idée de nous voir filer dans le repaire d'un chien sauvage sans moyen de défense.

— Il a déjà vu Luna à deux reprises et il sait qu'elle ne nous attaquera pas, affirma Kate qui s'engageait sur le sentier en pente raide.

— Tu es sûre que c'est par là ? demanda Clara d'un ton hésitant.

— Mais oui, enfin, allez, viens maintenant !

Au fur et à mesure qu'elle se rapprochait du canyon, Kate se réjouissait intérieurement. Elle perçut soudain de faibles grognements et, d'un geste de la main, elle fit comprendre à sa cousine de ne pas faire de bruit.

— Regarde ! murmura-t-elle.

Elle se glissa entre les buissons qui cachaient l'accès au ravin et poussa un soupir, émerveillée. Les chiots jouaient ensemble et roulaient sur le sol à l'ombre de l'escarpement rocheux creusé dans la montagne, tandis que Luna somnolait non loin d'eux au soleil. L'un des chiots saisit la tige d'une plante grimpante et se mit à tirer dessus tout en poussant de petits grognements.

— Oh, ils sont minuscules, s'écria Clara d'une voix aiguë.

La chienne se redressa aussitôt et regarda dans leur direction. Un faible grognement hostile s'éleva du fond de son poitrail.

— Ne t'inquiète pas, Luna, la rassura Kate à voix basse. Nous ne te voulons aucun mal.

— Il n'y a que toi pour s'imaginer que c'est elle qui nous craint, chuchota Clara. On peut s'en aller, maintenant. Les chiots sont vraiment mignons, mais ils ne valent pas le coup de risquer de se faire déchiqueter.

— Attends.

Kate sortit la nourriture et l'eau qu'elle avait apportées. En prenant garde de ne pas faire de gestes brusques, elle s'avança aussi loin que son courage le lui permit.

— Fais attention, elle protège ses petits, l'avertit Clara.

Kate s'accroupit lentement, puis versa les restes sur le sol et remplit le récipient en plastique d'eau. En entendant le liquide couler, Luna pencha la tête d'un côté, ses yeux noirs rivés sur Kate.

La jeune fille recula jusqu'à l'endroit où se tenait sa cousine.

— Viens, ma belle, tu dois avoir faim, appela-t-elle.

Elle retint son souffle en voyant l'imposante chienne blanche se lever, puis bâiller.

— Tu vois, elle sait qu'elle peut avoir confiance en nous, murmura Kate.

— Soit tu as raison, soit elle tente de nous faire croire que nous sommes en sécurité pendant qu'elle cherche un moyen de nous attaquer toutes les deux en même temps.

Kate ne répondit pas : Luna approchait à petits pas. Elle s'arrêta devant la nourriture et la renifla.

— Oh, regarde, elle mange, constata Kate en agrippant le bras de sa cousine.

Elle engloutit les restes en trois bouchées, se lécha les babines, puis flaira l'eau, mais l'ignora.

— Ça prouve au moins qu'elle n'a pas soif, chuchota Clara.

Kate contempla Luna retourner auprès de ses petits et se laisser tomber à leurs côtés. Les chiots fourrèrent leur truffe contre son flanc, et leur mère se mit à les lécher.

— J'aurais dû leur rapporter plus à manger, regretta Kate en soupirant.

— Tu plaisantes ? Tu vas déjà devoir te mettre à plat ventre devant Santa pour t'excuser d'avoir pris le reste de ses saucisses, répliqua Clara. Tous les animaux n'ont pas besoin que tu t'introduises dans leur vie pour leur porter secours, tu sais. Luna m'a l'air de très bien aller. Allez, viens, nous ferions mieux de partir maintenant, avant que Rafael vienne nous chercher.

Kate ne cessa de penser aux chiots pendant qu'elles gravissaient la colline pour rejoindre la citerne. Que deviendraient-ils une fois sevrés ? Resteraient-ils ensemble, comme une meute ? Trois chiens sauvages errant dans les montagnes seraient certainement considérés comme une menace. Pour le moment, Luna pouvait vivre ici et rester inaperçue, mais cela changerait dès que les chiots auraient atteint leur taille adulte. Et où était leur père ? Ou alors Luna avait été abandonnée par son maître quand il avait découvert qu'elle attendait une portée ?

Rafael et Luis étaient déjà remontés dans le camion. Kate se dépêcha de grimper à l'arrière, puis tendit la main à sa cousine pour l'aider à se hisser. Rafael les observa dans son rétroviseur latéral et leur cria par la fenêtre :

— Ne croyez pas que je vais oublier de vous demander où vous étiez passées et ce que vous avez fait, quand on sera rentrés.

Clara pointa un doigt vers l'horizon.

— Eh, mais ce ne serait pas un nuage ?

— Je ne vois rien, dit Kate.

Elle n'avait pas l'impression qu'il allait pleuvoir, au contraire il faisait encore plus chaud.

— Qu'est-ce que c'est que ce bruit ? demanda Clara en penchant la tête en direction d'un vrombissement de moteurs.

Sa cousine sut exactement de quoi il s'agissait, cette fois-ci.

— Des motos ! répondit-elle en élevant la voix pour se faire entendre par-dessus le vacarme.

À ce moment-là, trois motos surgirent dans la clairière. À l'arrière du premier engin se trouvait Elena. Elle portait un tee-shirt rouge moulant et s'agrippait à la taille de Sina. Le garçon s'arrêta à côté du camion et souleva sa visière.

— Salut, Kate, tu nous cherchais ?

La jeune fille commençait à en avoir assez que Sina essaie intentionnellement de mettre le feu aux poudres entre elle et Elena.

— Non, nous partions, répondit-elle sèchement.

Elle cogna sur le toit de la cabine pour faire comprendre à Rafael de démarrer.

— Tant mieux, dit Elena en enlevant son casque.

Ses cheveux retombèrent en cascade dans son dos.

— On n'a qu'à s'arrêter ici pour manger, suggéra-t-elle en se déchargeant de son sac à dos.

— Ah non ! la contredit Ricardo.

Il fit tourner sa poignée d'accélérateur.

— On ne s'arrêtera qu'une fois au sommet, ajouta-t-il. On assure, nous, oui !

Alors que le camion avançait, Kate nota qu'Elena avait les joues toutes rouges. Ses mains serraient tellement fort Sina que ses phalanges étaient blanches. *Si c'est comme ça qu'ils assurent, qu'ils ne comptent jamais sur moi.*

— Donal et Shauna, dit Kate tandis qu'elle se dirigeait vers la maison en compagnie de Clara pour aller se désaltérer.

— Tu cherches des noms pour les chiots, maintenant ? l'interrogea sa cousine d'un air réprobateur.

— Non, enfin, si, d'ailleurs ce serait une bonne idée, mais je parlais des clients qui sont venus ce matin. Je me souviens enfin de leurs noms.

— Ça tombe à pic, ils sont sur la véranda, fit remarquer Clara en baissant la voix.

Kate leva les yeux et constata que Donal et Shauna, qui lui tournaient le dos, discutaient avec Lizzie. Santa sortit de la maison et déposa un plateau sur la table.

— Chouette, on arrive pile au bon moment, se réjouit Kate.

Elle gravit les marches de la véranda et sourit au couple d'Irlandais.

— Votre randonnée s'est-elle bien passée ? s'enquit-elle.

— Oui, mais il faisait très chaud, répondit Shauna en faisant claquer sa chemise contre elle. Ça m'a peinée pour les chevaux qui devaient nous porter, même si je suppose qu'ils sont habitués à de telles températures.

Elle sourit à Clara.

— Ta mère nous a parlé du match de polo que tu as disputé mercredi dernier. Bravo !

Clara passa la main dans ses cheveux roux foncé qu'elle portait court.

— Ça s'est joué à peu, avoua-t-elle. Mais nous avons réussi à marquer à la fin de la dernière période. Vous jouez ?

— J'aimerais bien, répondit Shauna. Je participe depuis toujours à des concours complets d'équitation, mais je suis avec assiduité le polo. Quand j'ai appris que l'équipe de Carlos Batistuta s'entraînait ici avant, j'étais aux anges.

Oui, mais avant que vous ne l'appreniez, vous étiez horrifiée de vous retrouver face à ce que vous avez décrit comme des poneys hors service, se souvint Kate. Elle se tourna vers Donal, qui était un cavalier beaucoup moins expérimenté que sa femme.

— Comment vous entendez-vous avec Sanchez ?

C'était la seconde fois qu'il montait le hongre noir.

— Oh, Sanchez et moi avons passé un accord, répondit-il en souriant. Je bouge le moins possible et le laisse faire tout le travail.

Il fixa son regard au-dessus de l'épaule de Kate et plissa les yeux.

— C'est de la fumée, qu'on voit là-bas ?

Kate se retourna vivement et scruta l'horizon. Au-delà de la clôture du ranch, un terrain vague s'étendait jusqu'au pied des imposantes montagnes qui encerclaient la vallée.

— Je vais chercher les jumelles, décida Lizzie en se précipitant dans la maison.

Clara posa une main sur son front pour abriter ses yeux du soleil.

— Ce n'est peut-être qu'un nuage, suggéra-t-elle. D'après les prévisions météorologiques, la pluie se déplace vers nous.

— Tu es sûre de regarder au bon endroit ? vérifia Donal. À droite, à l'orée de la forêt, il y a un groupe d'arbres plus hauts que les autres.

— Je le vois ! s'écria Kate au moment où sa tante revenait.

Elle braqua les jumelles sur l'endroit que l'homme indiquait.

— Il faut vraiment être irresponsable pour allumer un feu en temps de sécheresse ! s'indigna Lizzie.

Sachant où se trouvait Sina, Kate sentit son cœur bondir dans sa poitrine.

— Je peux regarder ?

Elle prit les jumelles et les posa sur ses yeux. Elle repéra la fumée, puis examina les environs et aperçut un reflet métallique étinceler entre les arbres. Elle aurait parié à coup sûr qu'il s'agissait de la moto d'un des garçons. Elle jeta un coup d'œil à Clara, qui devait exactement penser la même chose, vu la façon dont elle leva les yeux au ciel.

— Espérons juste que celui ou celle qui l'a allumé aura le bon sens de l'éteindre correctement avant de partir, dit Lizzie en hochant la tête.

— Comment peut-on avoir envie de faire un feu par un temps pareil ? commenta Shauna. Les rochers doivent être tellement chauds qu'on pourrait cuire n'importe quoi dessus !

— Allez-vous appeler les pompiers ? demanda Donal.

Lizzie fit signe que non.

— Le feu semble pour l'instant sous contrôle, mais je vais garder un œil dessus jusqu'à ce qu'il soit éteint.

Une fois le couple parti, Kate et Clara préparèrent des sandwiches au poulet et à la salade pour le déjeuner, puis demandèrent à Lizzie de venir examiner le tas d'objets dont ils avaient débarrassé les stalles, le matin.

— Je ne savais pas que nous avions encore ça ! s'exclama-t-elle en s'accroupissant à côté d'un berceau à bascule. On ne peut pas le jeter, ni ça…

Elle se releva et s'approcha d'un grand landau.

— Tous les après-midi, je te mettais dedans sur la véranda pendant que je regardais ton père entraîner l'équipe sur le terrain de polo.

— Maman, si tu gardes des affaires par sentimentalisme, tu ne jetteras jamais rien.

Clara ramassa un abat-jour marron décoré de fleurs orange et violettes.

— À part ça. Personne ne peut être nostalgique devant un truc pareil.

— Oh, c'est l'une des premières choses que ton père et moi avons achetée quand nous avons emménagé ensemble. C'était très tendance à l'époque !

— Peut-être, mais dis-toi qu'aujourd'hui il est bon à jeter au feu, décréta Clara.

— Ce qui me fait penser que je ferais bien d'aller jeter un œil sur la montagne, suggéra Kate.

Lorsqu'elle ressortit dans la cour, elle entendit des coups de marteaux résonner dans l'autre écurie : Luis et Rafael changeaient une poutre dont le bois avait pourri dans l'une des stalles qu'ils avaient vidées.

Kate marcha jusqu'au portail, qui s'ouvrait sur les sentiers de randonnée, et se hissa sur la barre du milieu. Son cœur se mit à battre la chamade quand elle constata que le petit panache de fumée s'était épaissi et formait à présent une colonne noire. Un feu de camp ne pouvait pas produire autant de fumée, c'était impossible.

— Tante Lizzie ! hurla-t-elle. Viens vite !

Des bruits de pas pressés s'élevèrent des deux écuries comme Luis et Rafael, en entendant la voix affolée de Kate, avaient jeté leurs outils à terre et s'étaient, eux aussi, précipités dehors.

Luis arriva le premier.

— Qu'y a-t-il ?

Kate pointa un doigt en direction de la forêt lointaine. Elle n'eut pas besoin de s'expliquer. La fumée parlait pour elle.

— Luis, mets tous les bidons d'eau que tu peux trouver dans le camion et va chercher les extincteurs dans les écuries, ordonna Rafael. Ceux qui ont allumé le feu le maîtrisent peut-être, mais je ne veux courir aucun risque. Lizzie, tu devrais prévenir les pompiers. On verra s'ils jugent utile d'intervenir.

Luis repartit en courant vers les écuries. Au moment où Lizzie sortait son portable de sa poche, ils entendirent des motos approcher. Trois silhouettes casquées dévalaient à toute allure le sentier menant à l'arrière-cour ; leurs engins tremblaient et glissaient sur les cailloux.

Kate se sentit soulagée. Heureusement, Sina et ses amis étaient hors de danger.

Le garçon serra ses freins et s'arrêta dans un dérapage au bord de la clôture.

— Au secours ! supplia-t-il. Aidez-nous, la forêt est en feu !

Chapitre 11

Oh non ! Faites qu'il se trompe, pensa Kate en serrant les poings.

Ricardo et Joaquin se garèrent derrière leur ami et coupèrent leurs moteurs. Ils ôtèrent leur casque et, à leur regard affolé, Kate comprit que Sina n'avait pas menti.

— Où, exactement ? s'enquit Lizzie.

— En haut de la crête, bredouilla Sina. À environ cinq kilomètres au-dessus de votre citerne d'eau.

Lizzie s'éloigna pour téléphoner aux pompiers.

— Comment avez-vous pu être aussi stupides ? les critiqua Clara. Qui a l'idée d'allumer un feu dans une forêt aussi sèche que le Sahara ?

— Comment est-ce arrivé ? demanda Kate.

Elle était furieuse, elle aussi, mais ne pouvait malgré tout s'empêcher d'éprouver de la compassion pour Sina qui, pour la première fois depuis qu'elle le connaissait, avait réellement l'air effrayé.

— Nous avons allumé un feu quand nous nous sommes arrêtés pour déjeuner, expliqua Joaquin. Nous avons bien fait attention d'être loin des arbres et avons mis des pierres autour. Mais nous l'avons laissé sans surveillance juste le temps d'aller tester nos lance-pierres et, quand nous sommes revenus, un buisson avait pris feu. Nous avons essayé de l'éteindre avec nos vestes, mais un autre buisson s'est enflammé, puis encore un autre, et le feu a fini par se propager dans les arbres.

— Une seule étincelle soufflée par la brise suffisait, s'énerva Clara. Je n'arrive pas à croire que vous n'y avez même pas pensé.

Rafael leva une main.

— Ce n'est pas en dépensant ton énergie à faire des reproches que le feu s'éteindra, lui fit-il remarquer. Mieux vaudrait la consacrer à combattre les flammes, tu ne crois pas ? Nous allons devoir éloigner au maximum les chevaux de la cour. S'ils restent dans leur box, ils vont sentir le feu et s'affoler.

Kate le dévisagea, terrifiée.

— Le feu ne va pas se propager jusqu'ici, quand même ? Il est à des kilomètres.

L'homme haussa les épaules.

— Dans ces conditions, et si jamais le vent se lève, un feu peut s'étendre sur des kilomètres en quelques minutes, seulement.

Joaquin échangea un regard effrayé avec Ricardo, et Sina cacha son visage entre ses mains.

— Vous feriez mieux de descendre de vos motos et de venir nous aider, commanda Clara.

Rafael acquiesça.

— Laissez vos engins devant la maison, pour le moment. Et vous devriez aussi appeler vos parents pour les informer de la situation. Je vais aller aider Luis à charger les bidons d'eau dans le camion. Nous allons en avoir besoin à la limite de notre terrain.

Tandis que l'homme partait en direction des écuries, Kate fronça les sourcils.

— Où est Elena ?

Elle regarda derrière les garçons, s'attendant presque à la voir patienter au loin afin d'éviter tout contact avec elle. Le visage de Sina passa d'un air coupable à une expression défensive.

— Elle n'est pas montée au sommet avec nous. Après votre départ, elle a dit qu'elle en avait marre d'être à l'arrière de la moto et qu'elle avait faim. Elle avait une partie des provisions dans son sac à dos. Nous lui avons répondu que nous voulions aller jusqu'à la crête pour cuire des hamburgers, mais elle a refusé de nous suivre. Tu sais combien elle peut être têtue.

— Vous l'avez donc laissée là-bas ? s'indigna Kate. Dis-moi au moins que vous êtes allés la chercher en redescendant ?

— Ça ne servait à rien, intervint Ricardo. Elle était forcément partie depuis longtemps, déjà.

Résistant contre l'envie pressante de le gifler, Kate s'adressa à Clara :

— Tu as le numéro d'Elena ?

— Elle n'a pas de réseau là-haut, affirma Sina. Aucun de nous n'en avait. C'est pour ça que nous sommes venus ici pour signaler le feu.

Lizzie, qui avait entendu la fin de la conversation en chemin, les rejoignit.

— Les garçons, allez garer vos motos le long de la maison, maintenant, ordonna-t-elle. Et téléphonez à vos parents. Si vos portables ne captent pas ici, vous pouvez utiliser le téléphone fixe. Sina, j'ai besoin que tu me donnes le numéro des parents d'Elena. Je vais les appeler pour savoir si elle est rentrée.

Le jeune homme descendit de moto et se mit à pousser son véhicule, l'air encore plus effrayé, si tant était que cela fût possible. Kate leur ouvrit le portail et les regarda traverser la cour en file indienne.

Elle se tourna ensuite vers Clara.

— Et si elle était encore dans la forêt ? chuchota-t-elle d'une voix éraillée.

Sa cousine secoua la tête.

— Ne pense pas à ça, marmonna-t-elle. Et surtout ne va pas la chercher. Au pire des cas, si elle est toujours là-bas, tant qu'elle ne s'éloigne pas de la citerne, elle ne craint rien. Les arbres sont loin et, pour le moment, le vent souffle dans la direction opposée.

Luis sortit en flèche de l'écurie, monta dans le camion, le fit reculer entre les portes doubles, et Rafael et lui se mirent à charger des bidons d'eau à l'arrière du véhicule.

— Nous allons apporter le plus d'eau possible à la limite du ranch, cria le garçon aux deux cousines. Allez demander à Lizzie si elle n'a pas d'autres récipients que nous pourrions remplir.

Kate et Clara coururent à la maison et trouvèrent Lizzie au téléphone sur la véranda. Elle ferma d'un coup sec son portable et passa une main dans ses cheveux.

— Je n'arrive pas à joindre les parents d'Elena, il n'y a personne chez eux. J'ai dit aux pompiers qu'il se pouvait qu'il y ait quelqu'un dans la montagne, mais ils m'ont répondu qu'ils fouilleraient de toute façon les alentours, au cas où un randonneur se trouverait là. Ils vont d'abord envoyer un avion en reconnaissance pour savoir à quel genre de feu ils ont affaire. J'ai aussi essayé de prévenir l'agriculteur d'à côté, mais il ne répond pas non plus. Je vais aller le voir directement. Je peux vous laisser déplacer les chevaux ? Je ne devrais pas en avoir pour longtemps.

Kate acquiesça.

— Luis veut savoir si tu as des récipients qui pourraient contenir de l'eau. Rafael et lui comptent en transporter le plus possible à la clôture principale.

— Demandez aux garçons d'aller fouiller le grenier. Ils devraient en trouver quelques-uns, répondit Lizzie en se forçant à esquisser un sourire. Comme vous le savez, je ne jette jamais rien.

Elle rejoignit ensuite sa voiture à grands pas et disparut.

Sina franchit la porte d'entrée de la maison.

— Le téléphone ne marche plus. La ligne a coupé pendant que je parlais avec mon père.

— Les flammes ont déjà dû atteindre les lignes électriques, déduisit Clara en agrippant le bras de sa cousine. Viens, allons chercher les chevaux. Sina, va voir au grenier si tu trouves quelque chose qui puisse servir de récipient. Rafael va avancer le camion jusqu'ici pour que vous le chargiez d'eau au maximum.

Lorsque les deux filles regagnèrent les écuries au pas de course, elles entendirent le feu crépiter au loin. Le ciel au-dessus de la forêt était noir de fumée, et Kate vit une flamme orangée grimper entre les cimes des arbres les plus hauts. *Et si Elena est toujours là-bas ?* ne pouvait-elle s'empêcher de penser pendant qu'elles allaient chercher les licols.

— Quelqu'un devrait partir à la recherche d'Elena, affirma-t-elle. On ne peut pas rester là sans rien faire, alors qu'elle s'est peut-être perdue. Ce n'est pas comme si elle connaissait bien la montagne.

Clara lui pressa le bras.

— Je comprends ce que tu ressens, mais crois-moi, Kate, les pompiers ont l'habitude de ce genre de situation. Si elle est là-haut, ils la retrouveront.

Comme à propos, des avions vrombirent au-dessus de leur tête.

— Les voilà, constata Clara. Ils sont déjà au travail.

Kate regarda sa cousine courir rejoindre Neema et Espoir, qui se trouvaient au fond de l'écurie, et entendit le camion dehors, qui quittait la cour. La jeune fille savait ce qu'il lui restait à faire. Elle s'empara du bridon de Coco et fila au box du poney. En deux temps trois mouvements, elle le brida et l'amena au montoir. Elle se hissa sur son large dos, qui dégageait de la chaleur, et lui donna un coup de talons. Alors qu'ils s'éloignaient au trot, Kate entendit Clara crier son nom.

— Ne dis rien à personne ! répondit la cavalière. Je rentrerai dès que j'aurai jeté un œil autour de la citerne.

Monter à cru était beaucoup plus facile que ce qu'elle avait imaginé. Cependant, lorsqu'elle voulut entraîner Coco sur le sentier qui s'enfonçait dans la montagne, il s'arrêta net.

— S'il te plaît, Coco !

Kate se mit à tousser en respirant l'air âcre.

— Nous devons y aller, reprit-elle. Je sais que tu me fais confiance.

N'était-ce d'ailleurs pas la raison pour laquelle elle l'avait choisi, lui, car la confiance qu'il avait en elle compensait largement son manque d'expérience ? Elle se servit de ses jambes et de sa voix pour inciter le poney à avancer, et soudain, il s'élança au trot, comme s'il en avait assez de se disputer avec elle, comme s'il choisissait, vu sa détermination à braver le danger, de ne pas la laisser y aller seule. Le cœur de Kate se gonfla d'amour pour Coco.

— Tu es le poney le plus courageux et le plus intelligent de la Terre entière, le remercia-t-elle.

La piste se mit à grimper abruptement en direction de la forêt, et elle enroula sa main dans la crinière. Juste avant la limite des arbres, la cavalière demanda à sa monture de s'arrêter et regarda le ranch derrière elle. Elle distingua en contrebas les minuscules silhouettes de Luis, Rafael et des trois garçons, qui déversaient l'eau des bidons le long de la clôture. Elle savait qu'ils espéraient repousser les flammes en trempant la palissade et les arbres avoisinants. La jeune fille s'empêcha de songer trop longtemps à quel point ils paraissaient petits et sans défense à côté du feu qui faisait rage au-dessus d'elle. Elle se retourna et enfonça les talons dans les flancs de Coco.

— Allez, mon beau, le pressa-t-elle. Allons chercher Elena.

Elle entendit des sirènes hurler au loin et pria pour que les pompiers arrivent à temps pour maîtriser le feu avant qu'il ne gagne le ranch et les fermes alentour. L'avion vola à nouveau au-dessus de sa tête, et Coco vira brusquement de côté. Kate s'écorcha la jambe contre le tronc d'un arbre et se mordit la lèvre pour s'empêcher de crier de douleur.

— Je sais que tu as peur, dit-elle en caressant l'encolure du poney. Mais moi aussi. Nous devons juste nous faire confiance mutuellement.

Elle continua de parler dans l'espoir que le son de sa voix rassurerait sa monture, qui s'enfonçait dans la forêt et se rapprochait de plus en plus de l'incendie. Kate pria intérieurement pour que le vent ne change pas de direction, pour qu'il maintienne le feu à distance. Elle referma les jambes autour de Coco, qui partit au petit galop. Malgré le danger qu'ils couraient, la cavalière ne put s'empêcher de frissonner de plaisir en songeant qu'elle galopait à cru. Ils avancèrent à pas feutrés sur le tapis d'épines de pin, en entendant au loin la menace grondante des flammes. De temps à autre, un arbre s'écroulait dans un fracas qui résonnait tout du long du sentier. Chaque fois, Coco chancelait, mais dès que Kate resserrait les jambes autour de ses flancs, il allongeait à nouveau sa foulée.

Enfin, la jeune fille aperçut avec soulagement le virage qui débouchait sur le canyon renfermant la citerne d'eau. Elle fit ralentir sa monture et l'écarta du chemin principal.

— Elena ! cria-t-elle.

Sa voix se répercuta en échos contre le ravin, et Coco, anxieux, plaqua les oreilles en arrière et s'ébroua.

Kate repéra quelque chose qui gisait sur le sol quelques mètres plus loin et fit avancer le poney dans sa direction. C'était le sac à dos qu'Elena portait quand elle l'avait croisée quelques heures plus tôt. Pourquoi l'aurait-elle abandonné là, si elle était rentrée ? Kate eut alors la conviction profonde que la jeune fille se trouvait dans les parages.

— Elena ! hurla-t-elle à nouveau.

Son appel fut couvert par le bruit d'un autre avion, qui volait bas. Coco hennit et tenta de se cabrer.

— Chut.

Kate, dont la main tremblait, caressa le poney. Consciente que sa peur le ferait paniquer, elle chercha à se calmer. Elle fit faire à Coco demi-tour en direction de la forêt et essaya de chanter quelque chose qui les apaiserait tous les deux. Mais les seules chansons qui lui venaient à l'esprit étaient des comptines de son enfance. Elle sentit un fou rire monter en elle, alors qu'elle traversait en sens inverse la forêt enfumée en chantant *Au clair de la lune*.

Les sirènes étaient plus fortes à présent, et la jeune fille supposa que les pompiers empruntaient la route qui contournait le canyon pour gagner la crête où le feu avait été allumé. Elle arrêta Coco et essaya de se mettre à la place d'Elena. Si elle ne connaissait pas bien la forêt, où serait-elle allée ? Aurait-elle gravi la montagne pour aller chercher Sina ? Tandis qu'elle réfléchissait, un grondement déchira soudain la forêt. Coco se retourna brusquement, prêt à prendre le mors aux dents. Kate dut lutter pour qu'il l'écoute et ne s'échappe pas. *Le vent a tourné,* réalisa-t-elle soudain avec horreur. *Le feu se dirige sur nous.*

Combien de temps lui restait-il ? Pouvait-elle espérer distancer les flammes ? Une chaleur intense s'éleva du sol, et elle comprit qu'elle risquait leur vie si elle s'attardait ne serait-ce qu'une seconde de plus. Coco tremblait et se cabra de nouveau. Kate savait que si elle remontait le sentier, elle se dirigerait droit vers les flammes. Mais si elle redescendait la montagne pour échapper au feu, elle ne trouverait pas Elena. Elle venait d'emprunter ce chemin et n'avait pas repéré la moindre trace d'elle. La cavalière regarda le chemin sinueux qui s'ouvrait face à elle et menait au canyon de Luna. Elena était peut-être partie par là ? Cela valait la peine d'essayer, d'autant plus qu'elle s'éloignerait ainsi de l'incendie.

Décidée, elle relâcha les rênes et Coco plongea en avant. Kate cessa vite d'essayer de guider le poney qui dévalait au grand galop le sentier tortueux. Des branches lui fouettaient le visage et elle ne cessait de penser au feu qui se rapprochait. Elle jeta un œil derrière elle et vit des flammes qui, telles des langues voraces orange et dorées, léchaient les arbres. La fumée lui piqua les yeux et ses oreilles se mirent à bourdonner à force de subir les grésillements grondants de la forêt qui s'embrasait.

Soudain, Kate aperçut du coin de l'œil une sorte de tas rouge amassé sur le sol. Elena portait un tee-shirt rouge ! La cavalière tira de toutes ses forces sur les rênes et implora sa monture de s'arrêter, alors que son instinct lui dictait de s'éloigner le plus vite et le plus loin possible de l'incendie.

— S'il te plaît, Coco, fais-le pour moi ! cria-t-elle.

Le poney ralentit tant bien que mal, et Kate le guida à travers les arbres entre lesquels s'était réfugiée Elena. Elle était recroquevillée sur le côté, les mains sur la tête, et sanglotait.

— Elena ! hurla Kate. Lève-toi ! Il faut partir, maintenant !

Elena redressa son visage livide et strié de larmes.

— Le feu, gémit-elle. J'étais perdue. Je ne retrouvais pas mon chemin.

— Il vient vers nous, l'informa Kate. Il faut qu'on y aille, immédiatement.

Elle mit pied à terre, saisit le bras d'Elena et la força à se lever. Elle parvint, sans comprendre comment, à hisser la jeune fille sur Coco, puis sauta derrière elle. Elle se démenait encore pour placer ses jambes de part et d'autre de la croupe du poney, quand il s'élança à vive allure. Le crépitement du brasier qui engloutissait la forêt était assourdissant et, alors que Coco contournait arbre après arbre, Kate se dit qu'ils allaient mourir. Elle réussit finalement à se redresser et s'aperçut que le poney se dirigeait vers le canyon où Luna avait établi son repaire. *Ce que tu peux être intelligent ! Tu sais que rien ne peut s'enflammer là-bas, pas vrai ?*

Le poney quitta le sol meuble de la forêt et pénétra en trombe sur le terrain rocailleux dans un grondement de sabots. Soulagée de ne plus voir aucun arbre, Kate poussa un soupir tremblotant, força Coco à s'arrêter et descendit de cheval.

Elle observa alentour et perdit aussi vite son calme en constatant qu'ils étaient pris au piège dans une espèce de grand carré délimité par la forêt d'un côté et des parois rocheuses et abruptes des trois autres. Si rien ne pouvait prendre feu à leurs pieds, les flammes pouvaient facilement se rapprocher et les asphyxier.

— Comment sort-on d'ici ? cria Elena d'une voix hystérique.

Kate la regarda, ne sachant que répondre.

Coco piaffait, et de la sueur dégoulinait le long de sa robe. Kate retint ses larmes et regretta de l'avoir embarqué là-dedans. Elle s'était déjà tellement battue pour qu'il reste en vie quand elle l'avait trouvé. Il ne méritait vraiment pas ça.

— Le canyon n'est pas assez profond pour nous abriter des flammes, hurla Elena.

Par-dessus les cris hystériques de la jeune fille et le rugissement du feu, Kate entendit un aboiement. *Luna ?* Elle chercha la chienne et la découvrit au pied d'un des escarpements rocheux, dont la couleur claire camouflait en partie sa fourrure. Luna soutint le regard de Kate et aboya de nouveau, pas agressivement, mais de la même façon insistante que lorsqu'elle cherchait à rassembler ses petits.

Kate cligna des yeux. Luna essayait-elle réellement d'attirer son attention ? Ils n'avaient de toute façon pas d'autre choix que de tenter leur chance.

— Viens, ordonna-t-elle à Elena en l'entraînant vers la falaise où se trouvait l'animal.

— Mais c'est un chien sauvage ! se récria Elena.

— Et ça, hurla Kate en faisant de grands gestes dans leur dos, c'est une forêt en feu. À toi de choisir.

Sans attendre de réponse, Kate resserra son étreinte autour des rênes de Coco et le força à avancer en direction de Luna. La chienne aboya encore et fit deux pas en arrière. Ce que Kate avait pris pour de la roche tombant à pic s'avéra être une étroite ouverture. Tout à coup, Luna se retourna et disparut dans la fissure creusée dans la surface de la falaise.

— Je crois qu'elle veut qu'on la suive, dit Kate à Elena par-dessus son épaule.

— Je ne rentre pas dans une grotte avec un chien sauvage.

Le visage d'Elena avait la couleur de la cendre.

— Je ne peux…

Elle s'interrompit et poussa un cri suraigu : un arbre venait de s'effondrer dans le canyon et les flammes rongeaient petit à petit son tronc.

— Nous n'avons pas le choix. Je connais cette chienne. Elle ne va pas nous faire de mal.

Kate s'approcha de l'entrée de la grotte, mais les rênes qu'elle avait en main se tendirent d'un coup sec. Coco s'était redressé sur ses postérieurs et il se balançait en arrière, la tête tendue et les yeux révulsés.

S'obligeant à garder son calme, la jeune fille allongea les bras pour attraper délicatement la tête du poney entre ses paumes.

— Du calme, tout doux, mon beau.

La fumée pénétra dans ses yeux et la fit pleurer. La chaleur que dégageaient les flammes était insupportable, mais il était hors de question qu'elle abandonne Coco.

— Tu te souviens de la nuit que j'ai passée à tes côtés quand tu étais malade ? Je ne voulais pas te laisser, alors ce n'est pas maintenant que je vais le faire. Allez, s'il te plaît, Coco, viens avec moi. Tu dois me faire confiance une dernière fois.

Elle trembla de soulagement lorsque le hongre cessa de tirer sur les rênes. Les larmes aux yeux, elle avança et Coco s'ébroua avant de la suivre d'un pas hésitant.

L'ouverture dans la falaise était juste assez large pour que les épaules du poney passent, et Kate se demanda ce qu'elle pourrait bien faire si Coco s'emballait. *Il va le sentir,* se dit-elle, *c'est certain. Tout va bien se passer, il faut que j'y croie.*

Le tunnel était si étroit que très peu de lumière filtrait à travers la fissure. Kate s'enfonça dans l'obscurité dense jusqu'à ce que le sol s'incline devant elle. Sachant que Coco était à présent incapable de faire demi-tour, la jeune fille progressa à l'aveuglette dans la pente. Elle tendit la main devant elle et continua à avancer lentement, en priant pour que le tunnel ne s'étrécisse pas.

— Ça va, Elena ? demanda-t-elle à voix basse.

— Oui, répondit la jeune fille d'un ton apeuré. Où allons-nous ?

— Je ne sais pas, avoua Kate. Mais Luna connaît l'endroit.

— Luna ? répéta Elena, qui avait retrouvé sa voix de tous les jours.

— La chienne.

— La chienne sauvage ?

— Oui.

— Ah.

Kate sentit que le tunnel s'élargissait. Elle tendit un bras en avant et ne buta contre rien d'autre que l'air froid. Alors qu'elle essayait de déterminer la grandeur de l'espace dans lequel ils se trouvaient à présent, elle entendit un jappement aigu. L'instant d'après, elle tomba dans de l'eau glacée.

— Ouah ! hurla-t-elle.

— Qu'y a-t-il ? souffla Elena.

— Je suis dans de l'eau !

Kate éclata soudain de rire.

— Tu y crois, toi ?

L'eau tourbillonnait doucement autour de ses genoux. Coco se pencha et se mit à boire avec avidité. Kate lui redressa la tête et le fit attendre un peu avant de l'autoriser à s'abreuver de nouveau. Elle s'aperçut alors que ses yeux s'habituaient petit à petit à la pénombre. Maintenant qu'ils occupaient l'étroit tunnel, elle se rendit compte qu'il ne faisait pas complètement noir. Elle parvenait à distinguer les taches blanches de Coco et, un peu plus loin, le pelage de Luna. À côté de la chienne, deux paires d'yeux luisaient au ras du sol.

— Les chiots sont ici ! Voilà pourquoi Luna n'avait pas besoin d'eau. Elle a sa propre source privée !

Kate s'appuya contre Coco et le serra dans ses bras.

— Nous sommes sauvés, murmura-t-elle. Tout va bien se passer.

Comme le poney ne cessait de remuer, la jeune fille se mit à lui caresser l'encolure pour qu'il reste calme. Elle n'aurait su dire combien de temps s'était écoulé, quand Elena déclara :

— Je n'entends plus le feu. Je vais voir si on peut sortir.

— Fais attention, conseilla Kate.

Quelques instants plus tard, la voix d'Elena résonna contre les parois de la grotte :

— C'est bon, on peut y aller.

— Tu entends ça ? demanda Kate à Coco. Allez, viens, il est temps de rentrer à la maison.

Se disant que le poney se ruerait peut-être en avant dès qu'il comprendrait qu'il allait regagner l'air libre, Kate décida de le laisser sortir tout seul.

— Je t'envoie Coco, d'abord, avertit-elle Elena.

Des cailloux roulaient sous les sabots du poney qui remontait la grotte, et la jeune fille attendit un peu avant de se mettre, elle aussi, en marche vers la sortie. Elle jeta un dernier coup d'œil derrière elle et croisa les yeux jaunes de Luna, qui brillaient dans la pénombre.

— Merci, murmura Kate. Tu nous as sauvés.

Elle se dépêcha de rejoindre Coco et, à son plus grand soulagement, se retrouva vite dehors, dans le canyon. Elle cligna des yeux pour s'adapter à la lumière et aperçut le hongre, qui s'éloignait au trot en direction de la forêt qui se consumait. Kate siffla et le poney se retourna vers elle.

— Viens ici, mon beau, l'appela-t-elle.

Coco revint sur ses pas, son regard noir implorant la jeune fille de le ramener à la maison.

Elena fondit alors en larmes, et Kate dut résister pour ne pas l'imiter. Elle les savait à présent hors de danger, mais ne pouvait s'empêcher de penser qu'ils avaient échappé de peu à la mort.

— Je n'arrive pas à croire que tu sois venue me chercher, murmura Elena. Tu es si courageuse.

Kate s'apprêtait à répondre, lorsqu'elle entendit des cris, puis vit surgir entre les arbres fumants et calcinés deux pompiers, parés de leur lourd uniforme rouge. Dès qu'ils les aperçurent, les deux hommes se mirent à courir vers elles.

Chapitre 12

Kate s'agrippa à la crinière de Coco, qui dévalait le sentier menant au ranch. Le ciel était encore noir de fumée, mais les pompiers lui avaient assuré qu'ils maîtrisaient le feu, à présent. Lorsqu'ils atteignirent la vallée, la cavalière jeta un coup d'œil aux montagnes derrière elle : une immense partie de la forêt avait disparu, et seules restaient les souches noires et fumantes des pins qui se dressaient là, quelques heures plus tôt.

Quand le ranch apparut dans leur champ de vision, Coco tira vivement sur les rênes et se mit à trotter. Kate était bien trop épuisée pour tenter de le faire ralentir et, quand il s'élança pour pénétrer dans l'arrière-cour, elle s'effondra contre son encolure, à demi consciente des voix qui s'élevaient autour d'elle.

— Kate, dit Luis.

Il l'attrapa entre ses bras et la fit doucement glisser à terre. La jeune fille cligna des yeux et le regarda.

— Salut, fit-elle, la voix éraillée.

Avant que le garçon n'ait le temps de répondre, Lizzie posa les mains sur les épaules de sa nièce. Le bord de ses yeux était rouge. Elle serra Kate contre elle, puis détendit les bras et l'observa.

— Dieu merci, tu n'as rien. Ne me refais plus jamais, jamais, un coup comme ça. Je devrais te priver de sortie à vie. J'ai eu tellement peur.

Clara apparut aux côtés de sa mère, le visage pâle.

— J'ai toujours pensé que tu étais folle, j'en ai la preuve, maintenant. On était tous morts d'inquiétude. Rafael a dû bloquer Luis au sol pour l'empêcher de te courir après, quand ils se sont rendu compte que tu étais partie.

Santa tamponna son tablier sous ses yeux, puis enlaça longuement Kate.

— Elle est à deux doigts de s'effondrer, intervint Rafael. Elle a besoin de s'allonger, pas de passer de bras en bras comme un vulgaire paquet.

— Tu t'es abritée à côté de la citerne ? demanda Lizzie, la voix chevrotante. Nous avons pensé que tu irais là-bas comme tu croyais qu'Elena aurait pu s'y trouver.

— Tu aurais dû entendre maman s'énerver contre les pompiers et leur ordonner de te sortir de là, une vraie furie, révéla Clara. Je t'avais dit de laisser les pompiers s'occuper d'Elena. Elle a probablement quitté la forêt des heures avant que l'incendie ne se déclare.

Kate eut soudain les paupières lourdes.

— Elle n'était pas partie, et les pompiers ne l'ont pas trouvée, annonça-t-elle, la voix rauque à cause de la fumée. C'est moi qui l'ai vue. Ils la ramènent en camion.

Elle s'appuya contre Coco en sentant ses jambes trembler.

— Elle était dans la forêt, à côté du canyon où vit Luna. Coco a été formidable : il a réussi à nous amener toutes les deux là-bas avant que les flammes nous encerclent.

Lizzie étouffa un petit cri et posa une main sur sa bouche.

— Non, ça a été, assura Kate à sa tante en décidant de ne pas révéler qu'elles avaient bien failli se retrouver piégées. C'était incroyable, en fait. Luna était là et elle nous a guidés dans une grotte, que nous n'aurions jamais vue sans elle, et devinez quoi ? Il y a un ruisseau souterrain, là-bas, c'est pour ça qu'elle ne souffrait pas de la sécheresse !

Kate se mit soudain à claquer des dents et comprit que si elle ne s'asseyait pas très vite, elle s'évanouirait.

Lizzie plissa les yeux.

— Va prendre une petite douche et allonge-toi, ensuite.

— Il faut que j'aille m'occuper de Coco, marmonna Kate.

Il avait besoin d'être lavé et de boire, et elle voulait lui offrir une ration de nourriture spéciale pour le féliciter d'avoir été si courageux.

— Clara va s'en charger, répliqua sa tante d'un ton ferme. Tu pourras ressortir et aller le chouchouter autant que tu veux, après t'être reposée.

Elle glissa un bras autour des épaules de sa nièce.

— Allez, viens, je t'accompagne.

Quand elles se trouvèrent hors de portée de voix, Lizzie ajouta :

— Je ne pourrais pas vivre sans toi, Kate. Ne me laisse plus jamais entrevoir l'avenir sans toi.

— Je suis désolée de vous avoir causé tant de soucis, admit Kate en bâillant. Je suis vraiment punie ?

Sa tante esquissa un bref sourire.

— Oui, mais je suis sûre que tu finiras par m'en dissuader.

— J'aurais pensé que sauver Elena des flammes serait une raison valable pour échapper à la punition, suggéra Kate.

Lizzie l'attira un peu plus contre elle.

— Oui, ça me semble plutôt être une excellente raison.

Kate ferma les yeux et laissa l'eau tiède couler sur elle. Elle se savonna et shampouina ses cheveux avec force pour éliminer l'odeur âcre de fumée. Le temps qu'elle se sèche et passe des vêtements propres, elle

commença à se sentir mieux. Elle prit autant de carottes que possible dans le réfrigérateur, puis se dépêcha de rejoindre l'arrière-cour, impatiente de voir Coco et de s'assurer qu'il allait bien.

Deux camions de pompiers étaient garés dans la cour, et Kate aperçut Elena assise à l'avant de l'un d'eux, enveloppée dans une couverture. Lizzie et Rafael discutaient avec deux pompiers, qui étaient couverts de suie de la tête aux pieds.

Clara passa la tête par-dessus la porte du box de Coco.

— Je croyais que tu allais t'allonger ?

— Je me sens mieux, maintenant, affirma Kate.

Elle pénétra dans le box et fit glisser ses mains de part et d'autre du poney à la recherche d'éventuelles bosses ou coupures.

— J'ai déjà vérifié, l'interrompit sa cousine. Je l'ai lavé, séché et je m'apprêtais à lui donner à manger. Il va parfaitement bien.

Pendant que Clara s'en allait chercher la nourriture de Coco, Kate enlaça le poney. Il pencha la tête et renifla ses poches dans lesquelles elle avait mis les morceaux de carottes.

— Tiens, dit-elle.

Elle lui offrit les friandises, puis lui caressa la joue tandis qu'il mâchait les légumes.

— Je suis tellement contente que tu n'aies rien, chuchota-t-elle. Je ne me le serais jamais pardonné, s'il t'était arrivé quelque chose.

Quand Clara revint, Kate préféra laisser Coco manger en paix.

— Je reviens tout à l'heure, lui promit-elle, le cœur gonflé d'amour pour le courageux poney.

Lorsqu'elle ressortit dans la cour, elle sentit les yeux d'Elena posés sur elle. Kate croisa son regard et lui sourit d'un air triste. Elle ne savait pas très bien quelle allait être leur relation à présent. La jeune fille ne l'avait jamais vraiment aimée et avait même récemment plutôt semblé la détester. Comment prendrait-elle le fait d'avoir été secourue par Kate ? Cette dernière ne les imaginait vraiment pas devenir meilleures copines. Mal à l'aise, Kate se mit à gigoter sur place. Elle savait qu'elle devait aller parler à Elena, mais aucune parole ne lui venait à l'esprit. Elle se força à approcher du camion de pompiers et passa la tête par la fenêtre ouverte.

— Salut, dit-elle en remarquant à quel point Elena était pâle. Alors, comment s'est passé ton rencard avec Sina ?

Elle avait tenté de faire de l'humour, mais en voyant Elena écarquiller les yeux, Kate réalisa qu'elle n'avait peut-être pas choisi la plus judicieuse des remarques.

Heureusement, Elena finit par sourire.

— C'était différent de ce à quoi je m'attendais, répondit-elle d'une voix enrouée.

Kate s'apprêtait à poursuivre la conversation quand elle entendit qu'on l'appelait. Elle se retourna et constata que Lizzie lui faisait signe de venir.

— Est-ce vrai que tu n'as pas laissé les médecins t'ausculter tout à l'heure ? lui demanda sa tante.

Kate acquiesça de la tête. Après que les pompiers les avaient rejointes dans le canyon, ils les avaient emmenées à la citerne, où étaient garés plusieurs de leurs véhicules ainsi qu'une ambulance. Ils avaient examiné Elena, mais Kate avait tenu à ramener immédiatement Coco au ranch.

— Je vais bien, assura-t-elle. Vraiment. Même si j'avais du mal à tenir sur mes jambes quand je suis revenue, ça va, maintenant.

— Tu l'as échappé belle, lui fit remarquer le chef des pompiers, dont le visage était couvert d'un masque noir de suie. Les feux de forêt sont totalement imprévisibles. Tu aurais bien pu y rester.

Kate se sentit soudain submergée par une vague d'émotion.

— Je suis désolée, dit-elle du bout des lèvres. Je n'ai pas réfléchi. Je voulais juste m'assurer qu'Elena était hors de danger.

— Ce que tu as fait était très courageux, mais la prochaine fois, laisse-nous faire notre travail, tu veux ?

Il s'éloigna pour parler à l'un de ses hommes, et Kate se retrouva seule avec sa tante.

— Où sont passés les garçons ? demanda la jeune fille.

Lizzie fronça les sourcils.

— Leurs parents sont venus les chercher avant que j'apprenne ta disparition. Et tant mieux pour eux, parce que s'ils avaient encore été là quand j'ai su que tu étais partie au cœur de l'incendie qu'ils avaient déclenché, j'aurais peut-être été incapable de me tenir à distance d'eux.

— Oh, Tante Lizzie, serais-tu en train de proférer des menaces de violence physique ? releva Kate en souriant.

Sa tante serra les lèvres.

— Je ne suis pas encore prête à plaisanter de cet incident, fit-elle savoir. Car à cause de ces imbéciles, j'aurais pu perdre tout ce que j'ai. Le père de Sina était furieux contre lui. Ce garçon le pousse à bout. Señor Morinigo a assuré à son fils qu'il passerait désormais tout son temps libre à collecter des fonds pour les pompiers.

Kate tourna la tête en entendant un véhicule pénétrer dans la cour. C'était une grosse voiture gris métallisé, qui devait valoir très cher. Un homme et une femme élégamment vêtus en sortirent et se précipitèrent sur Elena, qui descendit du camion pour aller les embrasser. *Ses parents,* supposa Kate tandis que l'homme s'approchait à grands pas du chef des pompiers et lui serrait la main.

— Je vous enverrai un gros chèque, dès demain, dit-il assez fort pour que ses paroles parviennent aux oreilles de Kate. Je ne pourrai jamais assez vous remercier d'avoir sauvé notre fille.

Kate n'entendit pas la réponse du pompier, mais vit soudain le père d'Elena s'avancer vers elle. Ses yeux brillaient d'émotion.

— Tu es vraiment allée chercher Elena dans la forêt ?

Kate acquiesça et sentit le bras de sa tante entourer ses épaules.

L'homme tendit la main pour serrer celle de Kate.

— C'était extrêmement courageux de ta part, dit-il avant de se tourner vers Lizzie. Vous devez être très fière de votre fille.

— Oui, en effet, répondit Lizzie, le sourire aux lèvres. Même si c'est ma nièce.

— Mais je vis ici, au *refuge pour chevaux,* dit Kate en appuyant sur les mots. C'est l'un des poneys que nous avons secourus qui m'a aidée à trouver Elena.

Elle sentit qu'elle perdait l'attention du père d'Elena, qui regardait sa fille.

— Nous ne pourrions pas réussir sans la générosité des personnes qui nous soutiennent, ajouta-t-elle.

L'homme hocha la tête d'un air distrait.

— Je ferais bien de reconduire Elena à la maison, mais merci encore.

Il se dépêcha de rejoindre sa famille et aida Elena à prendre place à l'arrière de la voiture.

— Bien tenté, Kate, admit Lizzie, l'air amusé.

La jeune fille regarda la voiture faire demi-tour, puis partir. La mère d'Elena n'était même pas venue leur dire au revoir, ou merci, d'ailleurs ! D'autres portes claquèrent, comme les pompiers remontaient dans leurs camions et s'éloignaient à la suite de la voiture. Le ranch se trouva soudain plongé dans le silence. De petits flocons de cendre tombaient en tourbillon du ciel gris, et Kate remarqua que c'était la première fois, depuis qu'elle était rentrée d'Angleterre, que le soleil ne brillait pas. Il était caché sous un épais manteau de fumée.

— Que dirais-tu de mettre Coco au paddock ? proposa Lizzie. Je suis sûre qu'il meurt d'envie de raconter son aventure à ses amis.

Kate alla chercher un licol dans l'écurie et trouva Santa et Rafael, occupés à déplier des couvertures.

— La cendre risque de s'incruster partout, expliqua Santa. Nous devons protéger le matériel. Je vais chercher d'autres couvertures à la maison.

Elle passa devant Kate et lui pinça gentiment les joues.

— *Bellissima,* dit-elle.

Kate attrapa un licol en sentant le regard de Rafael posé sur elle.

— Dis-m'en un peu plus sur cette eau souterraine, demanda-t-il. Es-tu certaine qu'elle coulait, qu'il ne s'agissait pas juste d'une mare ?

— Elle coulait, sans aucun doute, répondit Kate. Je ne voyais pas très bien, mais je l'entendais et elle était glacée.

Rafael hocha la tête, l'air pensif.

— Si nous pouvions exploiter une autre source, ce serait formidable. Dans un jour ou deux, lorsqu'on pourra retourner en forêt en toute sécurité, tu me montreras où elle se trouve.

— Peut-être que je pourrais apporter une petite friandise à Luna pour la remercier de nous avoir sauvés, suggéra Kate avant qu'une pensée ne traverse son esprit. Nous ne la dérangerons pas en allant là-bas, hein ? Parce que c'est là qu'elle a établi son repaire.

— Rien ni personne n'ira déranger la chienne qui a sauvé Kate Sommers, affirma Rafael. Je te le promets. Tu n'as pas l'intention de faire une autre escapade à cru, j'espère ? ajouta-t-il en indiquant du menton le licol.

— Non, s'esclaffa Kate. Je vais mettre Coco au paddock.

Elle ressortit de l'écurie et vit Luis qui poussait la moto de Sina.

— Señor Morinigo m'a demandé de la garder quelque temps, expliqua le garçon. Il a interdit à son fils de remonter dessus.

— Tant mieux, approuva Kate. J'espère que tu lui as demandé un dédommagement financier en contrepartie.

Luis sourit.

— Non, mais je suggérerai l'idée à Lizzie, au cas où ça l'intéresse.

D'un coup de pied, il cala la moto sur sa béquille et alla prendre Kate dans ses bras. Il l'attira contre lui et la serra si fort qu'elle sentit son souffle dans ses cheveux.

— Promets-moi de ne plus jamais te remettre en danger.

Kate leva les yeux pour regarder le garçon, cherchant à savoir jusqu'où elle devrait aller pour tenir cette promesse. À son grand soulagement, Luis n'attendit pas sa réponse et pressa ses lèvres contre les siennes. Elle ferma les yeux et lui rendit son baiser jusqu'à ce qu'elle sente une goutte d'eau rebondir sur son nez. Elle s'écarta de Luis et observa le ciel gris. D'autres gouttes tombèrent sur ses joues. La jeune fille éclata de rire. Elle n'avait jamais été aussi heureuse de voir la pluie.

— Mama, Papa ! appela Luis. Il pleut !

Il resserra son étreinte autour de Kate et la fit tourner dans les airs.

Soudain, tous les habitants du ranch étaient dans la cour, les mains tendues vers le ciel ou tombant dans les bras les uns des autres. Lizzie passa les doigts dans ses cheveux mouillés.

— C'est merveilleux ! s'écria-t-elle.

Kate entendit Coco hennir, qui désespérait de sortir de son box.

— Je vais conduire Coco au paddock, informa-t-elle sa tante.

Elle mena le poney dans la cour et sentit soudain qu'on l'attrapait par la taille et la soulevait pour la mettre sur le dos de Coco. Rafael la regarda, les yeux pétillants de malice.

— Nous allons t'accompagner pour nous assurer que tu ne partes pas au grand galop sous l'orage, *si ?*

Kate s'agrippa à la crinière du poney pendant que Rafael s'emparait de la longe. Ils gagnèrent tous ensemble les champs, dans lesquels les chevaux jouaient sous l'averse. Le petit troupeau galopait à travers le paddock, leurs queues flottant au vent. Coco dressa les oreilles et se mit à piaffer, impatient de se joindre aux autres.

Kate mit pied à terre et ouvrit le portail. Dès qu'il fut lâché, Coco rua et poussa un hennissement perçant avant de s'élancer vers les autres poneys.

— Je vais m'abriter sous la véranda, annonça Clara en élevant la voix au-dessus du bruit de l'eau qui coulait. On peut vite se lasser de sentir la pluie dégouliner dans son cou.

Lizzie resta là, tandis que sa fille courait à la maison. Elle échangea un regard amusé avec Kate, qui n'était pas vraiment prête à aller se mettre au sec.

— Pluie incontrôlable, feu incontrôlable, nièce incontrôlable, mais tu sais quoi ? Je ne te changerais pour rien au monde !

Dépôt légal : avril 2013
N° d'édition : L.01EJEN000886.N001
Loi n° 49-956 du 16 juillet 1949
sur les publications destinées à la jeunesse